ISIS

Hans Dekkers

Isis

WERELDBIBLIOTHEEK · AMSTERDAM

De auteur ontving voor het schrijven van dit boek een werkbeurs van het Nederlands Letterenfonds

De schlager in het laatste hoofdstuk, *Schöner Fremder Mann*, is van Connie Francis

Omslagontwerp Karin van der Meer

Uitgeverij Wereldbibliotheek bv
Spuistraat 283 · 1012 VR Amsterdam

www.wereldbibliotheek.nl
www.hansdekkers.org

ISBN 978 90 284 2454 8
e-book 978 90 284 4010 4

'... original minds must cling to things or pull things apart
in order to ward off madness or death
(which is the master madness).'
VLADIMIR NABOKOV, *Ada*

1

Er zit onweer in de lucht en de stad zucht onder de zwaarte van een asgrijze hemel. Terwijl ik de vaste route van school naar huis afleg, hap ik in de Milky Way die ik bij Schele Siep heb gekocht. Schele Siep is de vrouw die het kleinste snoepwinkeltje ter wereld heeft. Onder de glasplaat van de vitrine waarover zij chagrijnig waakt, wemelt het van de lekkernijen en als iemand ook maar een vinger uitsteekt naar het snoepgoed zonder dat er een munt op de toonbank is gelegd, blaast zij als een kat en rolt met haar ogen. Onder haar blonde pruik krioelen pissebedden. Door de open deur van patisserie Macaron klinkt het geroezemoes van oude dametjes die prevelen boven hun sensationele gebakjes en cakejes. Ook boma peuzelt hier af en toe van een boterpunt of bokkenpoot (het zoet der compensatie). De blinde mollen van het verleden moeten verstopt, versuikerd, verzoet blijven. Ik stap stevig door om voor de bui thuis te zijn. Het is stil op straat. De lucht begint geel te kleuren en de mensen trekken zich terug in hun huizen. Mijn kleren voelen klam aan. Straks douchen. Straks het stof van school wegspoelen. In de etalage van de apotheek staat het borstbeeld van een man met een tulband en een baard. Hij steekt zijn vuurrode tong uit, met een witte pil erop. Zijn tronie is net zo rood als zijn tong. Daarnaast uitvergrote pillendozen en kartonnen displays van moeders met baby's. Blije, gelukkige mensen. De wind wakkert aan. In het ruisen ervan word ik een schelp, een hol schepsel van kalk, waarin het schuurt en fluit. Waarin het aan de stilte schraapt.

Als ik de straat met de beuken in sla, wordt mijn blik meteen naar één plek getrokken: er ligt een duif op het wegdek. Het lijkje is er waarschijnlijk maar pas, want het verkeer heeft er nog geen egale plak van gemaakt. Even lijkt het alsof de duif zich op zijn zij draait; het is echter een briesje dat zijn veren beweegt. In mijn hoofd klinkt *Mindfields* van The Prodigy. Boma zegt dat ik de laatste tijd stilletjes ben. Ik heb daar zelf geen weet van. In mij gonst het van de stemmen en geluiden en het maakt mij niet uit of ze binnen of buiten mij klinken. Soms komen er stemmen in mij op die niet van mij zijn. Ze spreken vreemde woorden. Dat is omdat ik van vreemde woorden houd. Ik noem ze V-woorden en sla ze ergens in mijn achterhoofd op. Ze komen op onverwachte momenten uit het niets tevoorschijn.

Omdat ik naar de beuken aan de overkant van de straat kijk, merk ik pas laat de naderende vrachtwagen op. Ik wilde oversteken, maar doe nu een stap terug. Het gevaarte nadert langzaam. Er zijn nauwelijks geluiden in de straat. En ook al beroert de wind de bladeren van de bomen, ik hoor ze niet ritselen. De hemel is grauwgeel, er zit een tinteling in de lucht. De hele schooldag was een suffe vertoning. Mijn scheikundeproefwerk heb ik verknald. Ik kijk naar de duif. Zie nu pas een geknakt pootje. Wat voor vrachtwagen is het? Zo te zien een wagen die dieren vervoert. Langwerpige luchtgaten aan de zijkant. Kippen of varkens. Ik knijp mijn ogen samen in een poging het gezicht van de chauffeur te zien. Hij heeft een baard en draagt een bril. Er komt een oude vrouw aanlopen met grijs haar en een grote, paarse bril op. Ze kijkt ook naar de duif. Haar pauwblauwe, wijde broek met omgeslagen pijpen hangt tot op de grond en ze trekt onhandig een boodschappentrolley achter zich aan. Ze heeft een stralend gezicht achter een perkamenten masker.

Tijdens de geschiedenisles heeft iemand kauwgum in mijn haar gedrukt. Ik merkte het pas toen ik met mijn hand door mijn haar streek. Op de wc heb ik het eruit gepeuterd. Ik moest haren uittrekken. Wie het gedaan heeft kan op mijn geesteszieke wraak rekenen. Iets met scherpe klemmen of ondraaglijk jeukende en brandende chemicaliën.

Het liedje in mijn hoofd versnelt. Blazende bastonen. *I walk through mindfields so watch your head rock.* De oude vrouw kijkt me aan en lacht naar me. Dan steekt ze onverwacht over. De muziek galoppeert weg. Ik buig me voorover, wil ook de stoeprand verlaten om haar aan haar arm terug te trekken. Toch blijf ik verlamd van schrik staan. Ze kijkt door haar paarse bril naar de duif en zijn bewegende veertjes. Er is geen enkel geluid meer in de straat. De chauffeur van de vrachtwagen heeft grote ogen. Hij doet zijn mond open. In zijn baard verschijnen witte tanden, eieren in een nest. Zijn lichaam beweegt heftig in de cabine. De wagen wijkt uit naar de linkerweghelft. De paarsbebrilde vrouw gooit haar handen in de lucht. Ik denk in een flits: de duif mag niet opnieuw overreden worden. Hij moet ontzien worden. Als de duif opnieuw wordt overreden, dan zal er iets ergs met Galya gebeuren. Als de duif niet opnieuw wordt overreden, dan wordt Galya samen met mij stokoud. De vrachtwagen rijdt de stoep aan de overkant op. Er zijn ineens allerlei geluiden. Piepende banden, een kreet van de oude vrouw, een hoog snerpend gegil van dieren. Alsof ik doof was en ineens weer kan horen.

Stukken kauwgum met haar aan mijn vingers. Alsof het vlees loslaat. Ook met wc-papier krijg ik het er niet helemaal af. Ik was mijn handen met zeep, keer op keer. Tot de kauwgum onzichtbaar is, al voel ik hem nog zitten.

De vrachtwagen boort zich in een pand aan de overkant. Een knal, glasgerinkel, de wagen kantelt. De paarsbebrilde vrouw draait zich om en kijkt me aan. Ze verzet geen stap, blijft midden op de weg staan. Plotseling loopt er een varken op straat. Hij bloedt uit zijn oor en maakt een hoog geluid dat ik nooit eerder heb gehoord. De vrouw strompelt met de trolley naar me toe. Nu zijn er ineens meer varkens op straat. Sommige lopen mank, sommige zijn bebloed. Knorrend, verdwaasd, lopen ze in de onverschillige wind van de namiddag. Ze lijken verblind, wankelen in rondjes. Ineens zijn alle bewegingen stroperig geworden, alsof de dieren met elkaar verbonden zijn door onzichtbare kauwgumdraden. Ook het licht is veranderd. Troebel, verglaasd, slijkerig. Een varken staat in een perkje in de grond te wroeten, steekt dan zijn snuit in de lucht en loopt verder.

Ook mijn bewegingen zijn stroperig geworden. Er is iets mis met mijn evenwicht en ik wankel net zo als de varkens. De vrouw pakt me vast, omhelst me. 'Niet kijken,' zegt ze. Uit haar kleren stijgt een wolk van hyacinten en leer op. Ik worstel me los uit haar omhelzing en loop naar de varkens. Sommige gillen. Een enkel dier zit op zijn kont met de kop naar beneden gebogen, oren over de ogen heen. Ik wil ze kalmeren door hun koude ruggen met de stekelharen te aaien. Als ik ze aanraak lijken ze uit hun verdwazing te ontwaken. Ze snuffelen aan me en knorren. Sommige drukken hun snuit tegen mijn buik. De gewonde dieren vermijd ik uit angst dat ze me zullen bijten. Ook al worden hun tanden geknipt, ik loop liever geen risico. Ik heb de beelden van de film *Hannibal* nog haarscherp op mijn netvlies staan. De scène waarin Mason Verger wordt opgeknaagd door zijn eigen wilde zwijnen, een lot dat hij had toegedacht aan zijn grootste vijand, de geniale psychopaat Hannibal Lecter. 'Aangevreten door de wilde dieren.' Maar nu zijn hier de lieve, onschuldige varkens, die waarschijnlijk op weg waren naar hun zogenaamd zachte vernieling. Uitstel van executie, dat is dit ongeluk voor hen. Mason Verger was de aanstichter van zijn eigen ondergang. Deze varkens niet. Daarom leef ik mee met de varkens en Hannibal Lecter en niet met Mason Verger.

Op de plek des onheils verschijnt een aantal individuen, allen in een vacht van dikke, verstikkende lucht. Allemaal volwassenen, met uitzondering van een bleke jongen op rolschaatsen, die steun zoekt bij een boom en met grote ogen het tafereel gadeslaat. Een politieauto komt aanscheuren en er stappen twee agenten uit. Ze laten me met rust en rennen meteen naar de cabine van de vrachtauto. De paarsbebrilde vrouw probeert me weg te trekken, maar ik verzet me. Er komen steeds meer inboorlingen. Ook de brandweer arriveert. Logge mannen in zwarte ruimtevaartpakken met brede gele en witte strepen. Ze haasten zich naar de cabine, kruipen er als kevers overheen. Een slijpmachine komt tevoorschijn, een voorhamer, een reuzenbeitel.

Plotseling is er een lichtflits gevolgd door een harde klap en binnen een minuut valt een stille, monumentale regen op ons neer. Dikke druppels spetteren uiteen op het asfalt.

De duif is niet opnieuw overreden, dus Galya is veilig.

2

De enige bron waarop we ons kunnen verlaten, is boma. Maar boma praat er niet graag over. Het is een taboe en telkens als het ter sprake komt verkrampen we finaal. De zinnen haperen, de woorden worden niet meer gevonden. Omdat het blijkbaar behoorlijk schoenwringend is erover te moeten spreken, doen we het niet meer. Misschien kan Galya ermee leven. In mijn brein zeurt het altijd op de achtergrond, als een murmelende oude heks die me mee wil lokken naar een linke plek in een donker bos. Het beeld dat ik ervan heb is zo fuzzy dat het me verdriet doet. Misschien dat anderen juist liever geen details van een ongeluk uit het verleden zouden willen kennen, bij mij is het tegenovergestelde het geval. In wat voor auto zaten ze? Wie zat er achter het stuur? Bij wie lag de schuld? Waar precies is het gebeurd?

Ook het ongeluk met de varkens blijft me achtervolgen. 'De varkens die er verweesd rondliepen.' Die zin sijpelt steeds weer mijn brein in. Ik heb gedroomd van varkens die gekruisigd werden. Waarschijnlijk omdat ik op internet iets heb gespot over individuen op de Filippijnen die werkelijk aan een kruis werden geslagen. Een ranzige toeristische attractie. Lekker dan. Vermoedelijk worden er gevangenen voor gebruikt, die zich daarmee vrijkopen. De varkens zagen er heel menselijk uit. Vooral omdat ze op hun achterste poten leken te staan en niet op hun kop hingen zoals in de slachthuizen. Galya haat shit met dierenleed op haar netvlies. Ze krijgt er koppijn van. 'Alsof ze mijn grijze massa tegen schrikdraad aan duwen,' zegt ze.

Boma's schorre stem klinkt in het trappenhuis. Ik leg mijn hand naast de muis en staar naar het scherm. Hoe moeilijk is het me los te maken van het beeld dat ik heb gemaakt... Een trilling in mijn arm. Opnieuw de stem. Ik hijs me uit de bureaustoel en open mijn kamerdeur.

'Het eten is klaar!'

'Ik kom eraan, boma!' roep ik naar beneden.

Uiteraard wil je niets weten over mijn aanbidding van het ding. Je wilt iets weten over ons huis en je wilt vooral iets weten over zijn drie bewoners. Vooruit... Achter het gietijzeren hek, waarop de grijze, afbladderende verf een verloren strijd met de oprukkende roest voert, rijst het herenhuis op. Als ik bij een telefoonbericht de opdracht krijg 'af te sluiten met een hekje', moet ik gek genoeg altijd aan dit oude hek denken en aan het schrille geknars dat het produceert als boma het 's avonds laat dichtsjort om het daarna met een hangslot te vergrendelen. O ja, uiteraard staat er ook een hekje op het toetsenbord. Boven de 3. Het is een scheefgezakt hekje. En die 3, dat zijn wij. We noemen mijn grootmoeder 'boma', een afkorting van het *bonne-maman* waarmee ze in prehistorische tijden door familieleden is aangesproken. De familie Jaspers is niet meer. We zijn met ons drietjes overgebleven: boma, Galya en ik. Galya en ik zijn zussen en ons angstaanjagend donkere haar, onze vriesblauwe ogen en scherpe gezichten zijn niet van elkaar te onderscheiden. We hebben ons verschanst achter een scheefgezakt en roestig hek en we vinden het oké om een minimumportie buitenwereld binnen te krijgen.

Ons huis ligt aan een klein stadspark en vanuit de erker aan de voorgevel kijk je uit op een rij kolossale kastanjebomen en sullige, kortgeknipte grasperken omringd door talentloze plantsoenen. Verderop staat een massieve monseigneur in brons. De sokkel is groter dan het beeld zelf, alsof die blok steen het geloof is waarop de kleine en nietige mens steunt. Zelfs zo'n massieve mens als de monseigneur met zijn norse blik, zijn samengetrokken wenkbrauwen en afhangende mondhoeken. Het park in mijn computer is zoveel gaver. Er fladderen tropische vogels rond en er zijn geen proleto's. Geen opgedirkte moeders met jankende koters, geen honden die de perken onderschijten, geen Duitse toeristen die halflege frietbakjes en bierblikken in de struiken gooien. In mijn park stroomt een beek met fluorescerende kikkers en vissen.

Galya houdt niet van de computer. Ze zegt dat ze er bang voor is. Ze zegt dat ik er eens in zal verdwijnen. Onwetendheid van het arme schaap. Laat haar maar kopje-onder gaan in haar boeken. Galya vreet romans, omdat ze denkt dat daar het ware leven te vinden is. Als er al iemand in een virtuele wereld zal verdwijnen, dan is zij het wel. Of boma. Want ook boma is niet helemaal meer van deze wereld. Boma en Galya leven in het verleden.

Nu pas schiet het me te binnen dat we iets te vieren hebben. De vierde bewoner van ons huis is vandaag jarig. Georgie, onze cockerspaniël. Georgie is zwavelgeel. Normaal zijn ze dat niet, cockerspaniëls. Onze Georgie is zwavelgeel omdat Galya hem heeft geverfd. Met een of andere speciale haarverf. Volgende week kan hij wel weer een andere kleur hebben. Misschien metaalgroen of platina. Galya heeft behalve met romans iets met flashy kleuren. Cockerspaniëls willen de hele dag je aandacht en ze zijn fokking emotioneel. Daarom past Georgie wel bij Galya. Zij zorgen goed voor elkaar. Galya en boma hebben gebakjes gehaald. Na de thee ontsnap ik zo snel mogelijk naar boven, want ik heb vandaag een chat met een jongen uit Keosauqua, Iowa.

Ik hoor Galya rondscharrelen in de kamer boven. Daar krast haar bureaustoel over de houten planken. Zit ze te werken aan haar idiote toptienlijst van geniale romans? Galya noemt mij een nerd. Hoewel ik nooit iemand zie, heb ik vele vrienden. Al mijn vrienden zijn ook nerds. We gaan niet naar een coffeeshop of disco, we gaan niet samen sporten, skeeleren of op onze kamer muziek zitten draaien. We ontmoeten elkaar in cyberspace. Soms gaan we wel naar een coffeeshop of disco, zelfs samen sporten of muziek draaien, maar altijd virtueel. Vandaag chat ik met Don Winchester, Keosauqua, Iowa. Hij ontwerpt net als ik bewegende parken.

We beloven dat we onderdelen van elkaar gaan klonen.

Hij mijn beek, ik zijn 'geheime dierenkolonie'. Omdat hij ook proleto's uit zijn park weert, maak ik hem lekker met een bijzonder iemand, een adellijk wezentje, dat ook af en toe het park doorkruist: boma. Hij wil haar graag klonen. En hij wil haar geschiedenis weten. Ik vraag hem geduld te hebben. Boma heeft een huiveringwekkend verleden, Don. Pure horror.

Navigeren, gaaf woord. Surfen vind ik niks. Dat is iets voor suffe strandjongeren. Ik navigeer liever. Waar ga ik heen? Ik ga naar boma. Dat wil Don. 'Boma in het park.' Hij stuurde me kolossale muziek van een onbekend neopunkgroepje uit Bullabulling (Australië), waarvan de zanger beweert een ver familielid te zijn van John Lennon, die op zijn beurt weer een historische figuur in de popmuziek schijnt te zijn geweest. Sounds vaguely familiar. Neergeschoten. Finished & Ceased to function. Dat gaf Don me door. John Lennon is veertig geworden.

Don deed zich voor als van mijn leeftijd, maar ik denk dat hij megaoud is. Minstens vijfentwintig. Hij gaat me meer muziek sturen.

Georgie heeft dus gevoelens. Ik word daar niet altijd feestelijk van. Vergeet gerust dat honden alleen reageren op kwesties die met voedsel te maken hebben en dat wij dat gedrag als emotioneel ervaren. Ze *zijn* gewoon emotioneel. Georgie is zelfs crimineel emotioneel. Voor de goede orde: er zijn twee Georgies. De ene (X-Georgie) heb ik ontworpen en hij dartelt vrolijk rond in mijn computerpark. Hij doet precies wat ik wil. De andere doet nooit wat ik wil. Hij trekt je omver als je hem uitlaat en zijn drollen *stinken.*

Ook stinkt hij uit zijn bek. X-Georgie stinkt nooit. Ik ga niet zeggen aan wie ik de voorkeur geef. Ik weet het gewoon nog niet. X-Georgie is een afkorting van X-ray Georgie. Hij heet zo omdat hij ogen heeft waarmee hij door alles heen kan kijken en hij is de enige in mijn park die dat kan. Op de Transformer na dan, die vrijwel alles kan. De Transformer is de meest occulte figuur in het park. Lijkt op mijn persoontje, kan ik wel verklappen.

Boma heeft kaarsen op tafel gezet en een dampende pan erwtensoep verspreidt gewelddadige geuren. Ze zegt nooit veel, boma, maar ze trekt hier aan de touwtjes. Ik vind dat ze er beroerd uitziet. Haar huid is van doorschijnend papier en haar handen zijn overdekt met levervlekken. Ze is zo kromgetrokken, dat ze op een gebochelde lijkt. Nu het elektrische licht uit is, heeft de eetkamer iets spookachtigs en lijken wij met ons drietjes wel een obscuur gezelschap dat dadelijk de tafel gaat laten dansen. In de soep drijft een mergpijp. Plotseling staat boma op en loopt naar het raam. Ze trekt het gordijn een stukje open en zegt: 'Dacht ik het niet. Het sneeuwt.'

Ik ren naar buiten om de sneeuwvlokken op mijn gezicht te voelen landen; natte watjes die zacht je huid deppen. Er hangt een gestoorde geur die de lucht verandert in iets wat onhoorbaar knettert en naar treinen en vliegtuigen ruikt. En naar geheime ruimteschepen die door het universum snorren en op zoek zijn naar de Transformer, die ze mee willen nemen naar hun schandalig verafgelegen rijk. Maar de Transformer is niet zo simpel op te sporen.

Het marmeren beeldje van de naakte Venus van Botticelli staat er bedremmeld bij. Ik ril van de kou omdat ik één seconde in haar verander. De bomen strekken hun kale takken uit, als om de sneeuwvlokken op te vangen. Donkere, lugubere spoken zonder hoofd.

Galya heeft van de eerste sneeuw een sneeuwbal weten te fabriceren en gooit hem in mijn richting. Sneue misser. Witte prut tegen onze pui. Alsof een meeuw een fledder heeft afgeworpen.

'Het eten wordt koud!'

We gaan terug naar binnen. Ik bedenk hoelang een sneeuwbal erover zou doen om te smelten, als je hem in de pan soep zou gooien. Meeuwenstront in de snert.

Na de griesmeelpudding, kijk ik Galya aan en weet dat ik het niet eens hoef te vragen: 'Laat jij Georgie uit?'

Op mijn kamer kijk ik op National Geographic Channel naar een docu over leeuwen. Bij de leeuwen is het ook niet altijd happy hour. Ik wist het niet, maar het komt voor dat mannetjesleeuwen gewoon de welpen van hun zusters doodbijten, als die welpen niet door henzelf zijn gefokt. Geen fris gezicht en eigenlijk ook best een tearjerker om moederleeuw bij het vallen van de avond te zien liggen roepen naar haar kindertjes, terwijl broerlief ze al uren tevoren heeft gemold. En als broer dan de nieuwe baas van de club wordt, dan gaat moeders gewoon met hem kindjes maken. Zo simpel is het in de natuur.

Ik had nog even geen zin in huiswerk, dus ik zapte door naar Extreme Sports Channel. Skimboarding aan een of ander tropisch strand. Te saai. Allemaal goudbruine superboys bij wie de harde schijf is gewist.

'Did you hurt yourself badly?' (interviewer)

'I don't know.' (skimboarder)
'Was it Tim's or your fault?' (interviewer)
'Yes, I think so.' (skimboarder)
Precies de inboorlingen van school.

Er is gisteren iets macabers gebeurd. We weten niet wat het betekent. Eerst kreeg ik op Facebook een vriendschapsverzoek van een onbekende, een zekere Ewald Perrenoud. Perrenoud is de meisjesnaam van mijn moeder. Toen ik zijn vriendschap accepteerde, stuurde hij me een bericht waarin hij beweert een achteroom te zijn. Hij bezweert me niets aan boma te vertellen, omdat ze betrokken zou zijn bij het verhaal dat ik te horen zal krijgen. Het gaat over onze ouders. Wij schijnen een onjuiste versie van het ongeluk te kennen. Boma zou dat weten. De onbekende man beweert dingen over pa en ma te weten, die ons zeker zullen interesseren. De Transformer heeft ons verre familielid al in het park gesignaleerd en weet niet of deze persoon (met cape, lijkbleek gelaat en roodomrande ogen) wel te vertrouwen is. Sorry, just joking.

Twaalf jaar scheiden me van het laatste beeld van mijn ouders. Er zijn geen foto's van hen. Waarom weet ik niet. Boma zegt dat ze ze nooit heeft gehad. Vaak probeer ik wanhopig de tijdspanne van twaalf jaar te overbruggen in mijn fantasie. Mijn herinneringen aan te scherpen of hiaten in te vullen. Ik deed moeite over het gat in de tijd heen te springen en verplaatste me in een vierjarige, in de hoop hen tot leven te wekken. Tot mijn verdriet leverde mijn hersengymnastiek niets op. Ik kon de werkelijke herinneringen niet meer onderscheiden van mijn verzinsels en mijn voorstelling van pa en ma viel ten prooi aan slijtage, als bij een foto die met de jaren verbleekt en verfomfaait.

Ik hoor Galya de trap opkomen. Ze babbelt zoetsappig tegen Georgie. Zou ze nog even bij mij langswippen?

Klopklop.

'Kom binnen.'

'Niet aan het chatten?'

'Nee.'

'Mag ik?'

'Natuurlijk.'

Ze loopt langs de spiegelende deur van mijn klerenkast. Als Galya een spiegel passeert bekijkt ze altijd zichzelf, het hoofd schuin, in een oogwenk haar haren herschikkend. Ze gaat in de doorzichtige, opblaasbare stoel zitten.

'What's up, gal?' vraag ik.

'Mag ik dat bericht van Uncle X nog eens lezen?'

'Yep.'

Ik zoek het bericht op en lees met haar mee.

(geen onderwerp)
Tussen jou en Ewald Perrenoud
Ewald Perrenoud 24 februari om 7:53

Hoi Isis,
Grappig dat ik je op FB vond. Je zult wel raar opkijken om van mij, een achteroom, te horen. Ik weet ook niet goed wat me beweegt. Misschien een gevoel van rechtvaardigheid. Toen ik twee weken geleden ging verhuizen en oude paperassen in dozen deed, viel mijn oog op het geboortekaartje van Galya en jou. De hele

geschiedenis van het tragische ongeluk kwam weer bij me boven. En wat het verhaal daarover is dat boma (wordt ze nog steeds zo genoemd?) besloot als de waarheid te vertellen. Het verhaal van boma klopt niet. Ik vind dat je nu oud genoeg bent om het ware verhaal te leren kennen. Het beste is dat je dat zelf uitzoekt. Boma zal het me niet in dank afnemen, eerlijk gezegd denk ik dat ze woedend zal zijn. Daarom lijkt het me beter als je ons contact voor haar verzwijgt. Als je denkt dat ik mijn vingers niet wil branden aan deze kwestie, dan heb je half gelijk. Ik was het indertijd niet met de beslissingen van boma eens en ik vind dat je nu het recht hebt op de waarheid. Wil je alles bij het oude laten, dan prima. Oude wonden en de waarheid: ze staan niet altijd op goede voet met elkaar.

Ik hoop dat ik je niet te veel verontrust heb. Laat maar horen wat je ervan vindt.

Groeten, Ewald.

‘Wat vind je van oompje?’ vraagt Galya.

‘Tamelijk vaag. Hij wil ons kunnen vertrouwen, denk ik. Want hij is bang schade aan te richten.’

‘Mmm.’

Ze staart voor zich uit, tuit haar lippen en denkt na. Dan kijkt ze me aan en zegt: ‘Waarom schade?’

‘Als boma tegen ons gelogen heeft, zouden wij weleens megapissig kunnen worden.’

‘En wat is de volgende stap?’ vraagt ze.

‘Ik zal wel antwoorden en op een nieuw bericht wachten.’

'Ik ben er niet blij mee.'

'Wil je dat ik er niet op inga?'

'Die hele samenzweerderige en achterbakse toon...'

Ze staat op.

'Maar ik ken je,' zegt ze. 'Je gaat hem antwoorden.'

'Ik zie wel.'

'Ik haat die man,' zegt ze.

Ze is alweer weg.

De snert ligt me zwaar op de maag. Het lijkt wel of er aliens in zaten. Ik hoop dat boma de soep stevig heeft doorgekookt, zodat ze niet meer tot leven kunnen komen. Germs, aliens, intruders, je kunt ze niet goed genoeg doorkoken. We zien wel. Tegen doorgetripte virussen kun je je toch niet weren.

Ik ga naar beneden om boma te helpen met het strijken en opvouwen van kleren voor Terre des Hommes. Morgen gaat ze een paar uur helpen in de winkel. Bij de kleren zitten ook een paar pikante jurkjes van Galya. Extra pikant geworden omdat ze er was uitgegroeid. Lichamen worden vanzelf exhibitionistisch als ze groeien en de kleren achterblijven. Ik draag meestal broeken.

'Zal ik straks "Terre des Hommes" even voor u googelen? Kunt u zien wat ze allemaal voor projecten doen,' zeg ik.

'Goochel jij maar lekker voor jezelf. We hebben in de winkel gewoon folders liggen, hoor.'

'Maar er staat vast meer op hun website.'

'Nepdingen zeker. Zoals jouw parken ook nep zijn. Zo staan er ook vast nepfolders op.'

Boma is een überdigibeet. Ik ben er zeker van dat ze denkt dat computers onder stroom staan. En het zou me niet verbazen als ze ook werkelijk zou gaan vonken en knetteren als ze een toetsenbord aanraakte.

We stoppen de kleren in plastic draagtassen.

Als ik weer op mijn kamer ben, kwettert al snel een heel vogelbataljon me tegemoet. Het park blaast als een piccolo-orkest. Niet boma's park. Mijn park.

Ik neem me voor binnenkort een gat in het bastion van boma te schieten.

3

De zon schijnt koelbloedig op de kwakende inboorlingen die over het schoolplein uitzwermen. Het stampende licht, dat weerkaatst in de ruiten van de klaslokalen, doet pijn aan mijn ogen. De individuen om me heen zijn lawaaiproducerende machines. Zoemende en schallende apparaten. Wat is het geheim van de machine? Kan dat wat gemaakt, gefabriceerd is ooit op tegen een echt mens? Die vraag begon ik me steeds indringender te stellen, nadat ik tussen de langspeelplaten van mijn ouders een bizar exemplaar ontdekte: *The Man-Machine* van Kraftwerk. Ik verdiep me inmiddels al weken in die materie: wat is het verschil tussen mens en machine? Uit de bibliotheek heb ik een filosofieboek gehaald waarin die breinfokker tuttig wordt uitgelegd voor middelbare scholieren.

Een groepje klasgenoten staat verderop over me te roddelen. Dat zie ik op kilometers afstand. De spottende blikken waarmee ze me opnemen. Ze vinden me een nerd. Zijn jaloers op mijn hoge punten. Ze voederen zich met tortillachips. Misschien moet ik deze geestelijk gehandicapte individuen voortaan totaal mijden. Uiteindelijk willen ze ook altijd een wig drijven tussen Galya en mij. Galya ligt een stuk beter bij de inboorlingen. Wat heeft zij dat ik niet heb? Een vuilnisauto met oranje knipperlampen rijdt voorbij. Als de wagen stopt voordat hij uit het zicht verdwijnt, zal ik geen enkele moeite meer voor ze doen. Anders geef ik het nog een kans. De wagen maakt een geluid alsof hij een diepe zucht slaakt, waardoor het lijkt of hij mijn gedachten gehoord heeft. Ik hou van dat idee, maar de filosoof John Searle zegt dat machines niet kunnen denken omdat ze geen 'ik-gevoel' kunnen hebben.

De vuilniswagen verdwijnt om de hoek zonder te stoppen.

Er heeft zich een kleine, subtiele verandering voorgedaan in het gedrag van Galya. En haar is hetzelfde opgevallen bij mij, al probeert ze het niet te laten merken. We proberen het voor elkaar te verbergen. Het heeft alles van doen met de verschijning van Uncle X in ons leven. Een roedel ratten zit te knagen aan de uiteinden van onze zenuwen. We hangen meer op elkaars kamer rond, overigens zonder veel uit te wisselen. Ik weet dat zij vierkant tegen mijn contact met Uncle X is en dat heeft om ons heen een sneue dampkring geschapen, een mengelmoes van paniek, nieuwsgierigheid en heimwee. We zwijgen. Maar ik wil nu verder. Ook al zal ik daarbij Galya pijn doen. Op internet heb ik niets over mijn ouders kunnen vinden. Op de naam 'Jaspers' krijg ik bijna twee miljoen hits, maar mijn speurtocht naar zelfs maar een miniem snippertje informatie over hen levert niets op. Mijn enige houvast is Uncle X.

Ik ga het hoofdgebouw binnen. Op de wc blijf ik lang voor de spiegel staan. Lang donker haar, sproetjes rond de neus. Wat een spook. En vinden mensen het niet eng dat ik er precies zo uitzie als Galya? Twee dezelfde lichamen, twee overeenkomstige zielen? Alsof we van de lopende band zijn gekomen als twee volledig identieke machines. Toch zijn onze zielen niet identiek. Anders had een van ons net zo goed niet hoeven te bestaan. Dat is het verschil: dat we dezelfde machines willen, maar niet dezelfde mensen. We zouden net zo goed lijp worden wanneer alle machines verschilden als wanneer alle mensen hetzelfde waren.

Als ik op 'ziel' google, vind ik een frappant verhaal. Volgens Thomas van Aquino kan God geen mensen zonder ziel scheppen. Dat is een breinfokker, want God kan toch *alles*? De ziel: het gaat me steeds meer interesseren. Er is een theorie die zegt dat er een klein mensje in ons hoofd zit die al onze daden en gedachten bestuurt. Hij wordt de homunculus genoemd. Een kritiek op de homunculus is dat van de eindeloze herhaling, want wie bestuurt dan op zijn beurt dat kleine mensje? Het mannetje in het mannetje in het mannetje.

(geen onderwerp)
Tussen jou en Ewald Perrenoud
Isis Jaspers 26 februari om 6:07

Beste achteroom Ewald Perrenoud (bent u een romanfiguur?),
Dat is niet niks wat u daar even op tafel legt. Of nou

ja, in het Boek der Gezichten schrijft, haha. Ik zal eerlijk zijn. Ik weet niet goed wat ik ermee aan moet. En tegelijk zit er diep verstopt in me een persoontje dat door uw praat over oude wonden en waarheid heen nieuwsgierig is geworden. Dat persoontje heeft lak aan mijn eigen twijfels. Maar weet één ding: Ik wil niet dat u boma door de shit haalt. Dus heb respect voor haar.

Verder sta ik open voor dat zetje van u. Ik heb twee benen, dus zal niet zo snel omvallen.

Dag dag, Isis

Ik wacht op Galya bij de hoofdingang als de school uitgaat. We lopen samen naar huis en zeggen niet veel. We weten van elkaar dat we allebei in onze gedachten bij Uncle X zijn. Hij heeft me een bericht gestuurd met een adres in de oude badplaats waar onze ouders gewoond zouden hebben. Galya vindt dat we het moeten laten rusten, maar ik broed op een plan.

Onderweg van school naar huis valt mijn oog elke keer weer op een oude, vergeelde poster achter een raam, waarop een meisje met lang blond haar in een veld klaprozen staat. Reclame voor Timotei-shampoo. De Timotei-wei doet me denken aan voorstellingen van het paradijs of het hiernamaals. *So mild you can wash your hair as often as you like.* Het meisje lijkt op een elf of engel, maar naarmate ik er vaker naar kijk, verandert ze in een griezelige verschijning, een vergeeld spook... En dat paradijs stamt ook uit antieke stratosferen...

Thuis achter de computer werk ik aan mijn avatar van

Galya. Een levensecht exemplaar, if I may say so. Voorlopig vertel ik haar er niets over. Op Google Maps zoek ik het adres in de badplaats dat Uncle X heeft gegeven en print het uit. Toegeven aan een gril, gehoorzamen aan een obsessie, dat heb ik altijd gaaf gevonden. Niet onderdrukken en uit de weg gaan. Vol in het avontuur duiken. Daarin verschil ik als dag en nacht van Galya. Ik zal het vroegere huis van mijn ouders gaan bezoeken en ik zal dat alleen moeten doen. Ik kijk naar de print en er vormt zich een gedachte in mijn hoofd: als je de tijd kunt opheffen, dan hef je ook de dood op. Door op zoek te gaan naar het verleden van mijn ouders en daarin binnen te dringen, zal ik mezelf een bovenmenselijke opgave stellen: ik ga de tijd opheffen. Als Galya en boma beneden in de woonkamer zijn, sluip ik naar de zolder en haal de kampeerlamp, een oplaadbare ledlantaarn. Ook inspecteer ik mijn rug- en slaapzak.

Ik zet mijn tv aan om een natuurfilm te bekijken. Het klikt vooral tussen mij en films met roofdieren die een prooi te grazen nemen. En dan ben ik altijd weer verbaasd over de exemplaren die het loodje leggen. Ik hang meer aan de lippen van het slachtoffer dan aan die van de aanvaller, hoewel de aanvallers meestal fraaier zijn dan de prooi (behalve hyena's; hyena's zijn goor en lelijk en veel lelijker dan krokodillen, die juist weer beestachtig gaaf zijn omdat ze namaak lijken). Waar het mij om gaat is dat de prooidieren iets onmenselijks vertonen: *ze zijn niet bang voor de dood.* Vanzelfsprekend proberen ze 'm wel te peren en ze knokken ook voor hun leven, want dat is nu eenmaal hun instinct. Toch zijn ze niet bang voor de dood, omdat ze niet weten dat die bestaat. Je ziet dat in hun blik. Ze weten gewoon niet dat er niets meer is, nadat ze de hals is doorgebeten. Ze beseffen niet – zoals wij – dat het dan werkelijk definitief met ze is afgelopen. Finito, end of story, voorgoed blanco. Dat kun je dus zien in natuurfilms en dat vind ik cool. Ze kijken op het ultieme moment nogal lijp uit hun ogen, alsof het ze niet echt kan schelen.

Georgie kijkt altíjd lijp uit zijn ogen. Lijp en emotioneel. Zeg dat niet tegen Galya. Dan doet ze je wat. De ogen van X-Georgie zijn van een heel andere orde. Wel een hoop X'en bij elkaar. Laten we Uncle X voortaan Uncle Poe noemen. Naar Old Eddy. Lijkt me minder fuzzy.

Ik laat Georgie uit. Een echtpaar graast gebakken vis uit vetvrij papier. Er dommelen gedeukte conservenblikjes in de struiken. Een magere straathond met een halve staart speurt naar eetbaar afval en als hij Georgie opmerkt kwispelt hij, maar begint toch aan een quasitoevallige terugtrekking. Georgie plast tegen de hoge sokkel van de monseigneur.

Opnieuw de eerste en beste episode van South Park bekeken. *Cartman gets an anal probe.* Waarin Cartman een zender in zijn kont krijgt. Buitenaardse wezens hebben dat gedaan en ze keren ook koeien binnenstebuiten. Elke keer is het opnieuw komisch.

Mijn vader had droevige lichtblauwe ogen. Dat is een van de weinige dingen die ik me herinner. Als ik niet kan slapen, haal ik ze me voor de geest. Ze zijn als een uitgestrekte, kalme zee op een zomerse dag. Als je daaraan denkt, kun je in slaap vallen. Ik heb geen schaapjes nodig die je moet tellen. En ook geen mantra die je eindeloos moet mompelen. Ik val in slaap als ik aan zijn blauwe ogen denk.

Ik wist dat we onze vroege kinderjaren in een kustplaats hebben doorgebracht. De naam van de plaats kende ik niet. Alle vragen die daarmee te maken hadden, werden altijd door boma ontweken. Mijn vader bezat er een hoedenatelier. In onze tuin wemelde het van de vlinders. Dat vergeet je nooit meer. Als ik vlinders zie denk ik aan mijn ouders. Mijn vader die zijn hand door zo'n zwerm beweegt, alsof hij naar me zwaait. Mijn vader, de hoedenmaker...

Midden in de nacht, in het doodstille duister, glijdt mijn lichaam uit de cockpit van een droom. Mijn peignoir is een dierenvel en als een dier sluip ik de trap af. In de woonkamer, in de geur van snert, zwem ik naar de fauteuil van het oude zweet. Naar de geuren van regen, Georgie, boma's wol. Het eerste geluid spoelt aan in dit zwijgende requiem van de nacht. Zijn het de piepende schoenzolen van boma? Nee, het is een zacht raspen dat uit de achterkamer komt. Ademhaling. Dwingend en levendig. Een aanwezigheid. Iets wat zich aan me wil tonen. Eén seconde zie ik een gezicht in het hout van de lambrisering. Een masker. In het geluidloze water dat door de kamer blijft golven, probeert een walgelijk en afstotelijk wezen het onafwendbare weg te jagen, maar de aanwezige klampt zich vast aan mijn fauteuil, ik hap naar adem, mijn nagels dringen in de bloemen van de bekleding. De huid laat los en zwemt weg, wordt een vangnet voor haar, de akelige, kelige apenstem van mijn verlaten droom, voor de stem van de stotterende woorden.

4

Juffrouw Klipspringer is onze gymlerares. En juffrouw Klipspringer is een bijna-doodervaring. Ze laat ons zo veel mogelijk zelf aanmodderen, zodat ze nauwelijks in actie hoeft te komen en sigaretjes kan roken.

'Jongens en meisjes, ga lekker een potje voetballen!'

Ik haat voetballen. Maar het is niet gemakkelijk je snor te drukken, want juffrouw Klipspringer zit naast het veld en loert door de sigarettenmist heen naar haar leerlingen.

Ze heeft een afkeer van me omdat ik een schurfthekel aan sport heb en het bagger vind. Sport is voor uitslovers. En uitslovers zijn nooit onze slimste medemensen. Nou is Klipspringer geen uitslover. En dat is dan ook meteen het enige pluspuntje in haar persoonlijkheid.

De jongens sloven zich kolossaal uit, zelfs de horken, de hobbezakken en de stoethaspels. Fuck, wat doen die hun best. Alsof ze willen bewijzen dat ze eigenlijk allemaal als atleten in een verkeerd lichaam geboren zijn. Helaas heeft de natuur de meesten bedeeld met een krakkemikkig zootje ledematen, dat zich ongecoördineerd over het grasveld voortsleept. De bal, een zigzaggend vluchtende prooi waar een horde epileptische dieren achteraan jaagt.

Klipspringer keft en schuift met haar wijsvinger de zonnebril weer recht op haar snavel. Het is een zonnige, maar koude dag. Ze heeft de jongens en meisjes niet in twee teams gescheiden en laat ze door elkaar heen spelen, omdat ze hoopt dat dat een verstoring van het evenwicht oplevert, een chaos. Als er chaos ontstaat leeft ze op, want dan kan ze ingrijpen door te schreeuwen. En Klipspringer houdt crimineel veel van schreeuwen met haar schorre, doorrookte papegaaienkeel.

Als de bal toevallig voor mijn voeten rolt, schop ik er zo hard mogelijk tegenaan. Het liefst trap ik hem het veld uit, zodat de papegaaienstrot gaat schetteren. Dan geniet ik. De beledigingen zijn een balsem voor de ziel.

'Hé baldebiel! Heb je weleens gehoord van samenspel en áángeven?'

Ik reageer nooit. Kijk haar alleen aan als een dom schaapje. Dat ergert haar nog het meest.

'Heb je me niet gehoord, bonenstaak?'

Niet reageren. Op een gegeven moment gaat ze wel weer aan haar kankerstok zuigen. Martijn, een van de jongens die ook altijd wordt uitgescholden en die ook duidelijk het nut van dit heen en weer rennen niet inziet, komt vlak bij me staan en fluistert: 'Laat 'r lekker in d'r peuk stikken.'

'Wat sta je daar te smoezen, Martijn?'

'Niks juffrouw. Ik gaf een tactische aanwijzing.'

'Ja, dat zal wel. Je kunt beter de mentale coach van het

kneusje worden dan zelf in het veld meevoetballen, idioot.'

'Ik zal dat voor de volgende keer overwegen, juffrouw.'

'Kop dicht en voetballen!'

Hij is me al eerder opgevallen, Martijn. Nou ja, hij is me al eerder heel erg opgevallen. En misschien moet ik hem eens in vertrouwen nemen. Hij is ook nog eens behoorlijk mijn type. Ik zou hem kunnen inwijden in mijn geheime plan. Ik kan hem straks in de pauze op het schoolplein aanspreken. Als ik het durf. Ik heb nu wel een aanleiding. Een sneer aan het adres van Klipspringer zal bij hem niet verkeerd vallen.

Bij de fietshokken, waar het naar urine walmt, staat mijn slaaf, mijn hoteldebotel, mijn oorwurm. Martijn met het meisjesgezicht en de ernstige, donkere ogen en het dikke bruine haar. Martijn met de afgekloven nagels. Martijn die best een beetje op Keanu Reeves lijkt.

'Wat een zeikwijf,' zeg ik.

'Een gestoorde bitch.' Zijn verminkte vingers pulken aan zijn lip. Een snelle knauw in het vlees.

'Heb je dat allang?'

'Wat?'

'Dat nagelloze bestaan?'

'O dat. Just a habit.'

De stank van de hokken zindert, alsof een leger onderbroeken van bejaarde mannen in mijn neusgaten waait. Toch verman ik me.

'Ik wil je wat vragen, Martijn.' (goede aanpak)

'O ja?'

'Ik wil iets uitzoeken over mijn ouders. Ze zijn ooit verongelukt.'

‘O.’

‘Jij lijkt me het type dat me daarbij zou kunnen helpen. Galya niet.’

‘Galya?’

‘Laat maar.’

Ik zie zijn duimen groeien, zijn vlees zonder nagels. De graafhanden van een mol.

‘Wat wil je uitzoeken?’

‘Ik wil naar het huis waar ze gewoond hebben.’

‘En waar is dat?’

‘Ergens aan de kust.’

In de atmosfeer boven de hokken roeren zich onverwachte geluiden. Ik voel me ineens ongemakkelijk.

‘Ik wil daar dingen uitzoeken en zoek iemand die me kan helpen.’

‘Met wie ga je?’

Ik slik en kijk naar zijn grote ogen.

‘Wat dacht je ervan als ik jou vroeg?’

Hij staart naar het donker van de hokken, waar de walmen opgestookt worden door de zon.

‘Ik?’

‘Ja.’

‘En wanneer wil je gaan?’

‘Volgende week.’

‘Dan hebben we toch geen vrij?’

‘We laten een briefje achter dat er niets aan de hand is. Dat we er gewoon even niet zijn.’

‘Ik weet het niet. We kennen elkaar amper.’

‘Daarom juist. Dat maakt het extra spannend.’

Ik sta te kijken van mijn eigen brutaliteit. Schrik ik hem zo niet af? Of zie ik in zijn ogen een twinkeling?

Hij schudt zijn hoofd en zucht.

'Ik zou het best leuk vinden, maar...'

'Ik zal je belonen.'

'Met wat?'

'Dat zien we wel.'

Met zijn mollenhanden graaft hij in zijn haardos, daarna krabt hij aan zijn neus.

'Maar...'

'Geen gemaar! We gaan gewoon op weg en zien wel. En we laten het duffe zootje hier op school even voor wat het is.'

'Dat is wel zo...'

'Nou dan? Deal?'

Er verschijnt een lach op zijn gezicht en hij kijkt me aan.

'Ach, waarom ook niet,' zegt hij.

'Oké dan!'

We geven elkaar een high five.

5

In de mollenwei. Een Scandinavische Timotei-wei waar we allebei rondjes lopen (dolgedraaid) en waar onder de grond de mollen wonen. Klaver en klaprozen. De mollen brengen onze dromen boven. Met hun zachte snuiten en hun verborgen minioogjes. De mol, hij slaapt rechtop, met zijn hoofd tussen de voorpoten. Zijn grote zwartfluwelen graafhanden. Hij brengt jullie ook boven. Vanuit het zompige, vochtige duister. Zijn hand rust op jullie schedels. En dan dirigeert hij jullie naar de oppervlakte. Naar waar het zonlicht schettert.

De gemeenschappelijke dromen zijn het crimineelst. We kunnen het niet laten om met elkaar over onze dromen te praten en toch zouden we ermee moeten kappen. Omdat ze vaak hetzelfde zijn. Of ze overlappen elkaar haast volledig. Gisteren droomde ik dat Uncle Poe een jongen van mijn leeftijd was, met donkere krullen en lichtblauwe ogen. Hij zou zo een broertje van ons kunnen zijn. Hij gedroeg zich als een engel en kwam mij iets vertellen, maar ik verstond hem niet. De vreemde taal die hij sprak had ik nooit eerder gehoord. Het leek het meest op Russisch. De jongen had een belangrijke boodschap voor me en werd wanhopig omdat ik hem niet verstond. Die boodschap bevatte het woord 'mjeshka' dat hij steeds bleef herhalen. Mjeshka, mjeshka, mjeshka, – een bezwering, een toverformule. Het is op heel Google alleen te vinden als de fonetische spelling voor een Pools woord dat iets met 'wonen' te maken heeft. De jongen kwam dicht bij me staan en ineens sloeg hij zijn armen om me heen en drukte zijn gezicht tegen mijn schouder. Ik rook aan zijn haren, die een geur van haardvuur en as verspreidden. Deze droom vertel ik niet aan Galya. Nu niet. Nog niet.

Ik pak Galya van achteren vast en druk mijn neus in haar haar.

'Je ruikt naar gras,' zeg ik.

'Lekker of vies?'

'Lekker.'

'Dat is mijn shampoo.'

'Mag ik hem ook gebruiken?'

'Tuurlijk, Izepies. Als je zo graag naar mij wilt ruiken.'

Ik laat haar los en ga mijn kamer in. Galya loopt verder de trap op naar haar eigen uitvalsbasis.

De avatar van Galya doolt door een onbekende streek. Waar is ze naar op zoek? Ik heb een nieuwe jurk voor haar gekocht.

Als ik haar aankleed, als ik haar ontmoetingen regel en haar laat reizen, wat ben ik dan van haar? Ben ik haar homunculus? Ze wandelt door een wei, maar het is niet de Scandinavische mollenwei. Wel een wei met zwart-witgevlekte koeien. Ik zie geen mensen in deze wereld. Voorlopig moet Galya het doen met de koeien. Later zal ik haar met Uncle Poe in contact laten komen. Ik heb al ideeën over zijn avatar.

Martijn zit te wachten op de trappen van het station. Hij heeft een Peruaanse muts op en naast hem staat een gifgroene rugzak. Als we elkaar de hand schudden zijn we ineens twee ministers op de trappen van een bordes. Alleen de rode loper ontbreekt. Het station een paleis. De glazen gevel een spiegel waarin de fontein als een kale boom weerkaatst.

'Heb je proviand?' vraag ik.

'Ja.'

'Dan kunnen we gaan.'

Op het perron is het uitgestorven, op een drietal nonnen met bekertjes dampende koffie na. Een van hen zingt met een hoge, samengeknepen stem een liedje. Als we hen passeren, zegt de kleinste vrouw: 'Nu even niet.'

Het gezang stopt.

'Goed, moeder.'

Een conducteur met een vierkante schoudertas en dito hoofd bekijkt ons vanaf het tegenovergelegen perron.

De trein arriveert en we stappen in. Met een paar schokjes vertrekken we.

'Als we eens even alles op een rijtje zetten, wat weet je dan van je ouders?' vraagt Martijn.

‘Eigenlijk weinig. Het was een auto-ongeluk, meer is me nooit verteld. En ze hebben dus in die badplaats gewoond. Dat is een van de weinige aanknopingspunten die ik heb.’

‘En je oma? Weet die dan niets?’

‘Als die al iets weet, dan vertelt ze het ons niet.’

‘Ons?’

‘Ja, mijn zus Galya en mij. We zijn tweelingzussen. Je hebt haar vast weleens op school gespot.’

‘Dan dacht ik vast dat jij het was,’ lacht hij.

‘Dat zou goed kunnen, want we lijken als twee druppels water op elkaar. Alleen als mensen ons samen zien, beseffen ze ineens dat er een tweeling op school rondloopt.’

‘Heb je een adres?’

‘Ja, maar ik weet niet wie daar nu woont. Dat gaan we uitzoeken.’

‘Hoe ben je achter dat adres gekomen?’

‘Iemand heeft ons getipt. Een familielid van wie we niet weten wat zijn bedoelingen zijn. Ene Ewald Perrenoud. We hebben hem nooit ontmoet. We noemen hem Uncle Poe.’

‘Hopelijk is het geen flauwekul van die Uncle Poe.’

‘Waarom zou hij die moeite doen? Nee, ik denk dat het geen fake is.’

De conducteur komt langs om onze kaartjes te controleren. Het is de man met het vierkante hoofd. Of lijkt hij er alleen maar op?

‘Creep,’ zeg ik als hij verdwenen is.

‘Macaber,’ zegt Martijn.

We kijken naar buiten, waar saaie weilanden met saaie koeien voorbijtrekken. De koeien staan tot aan hun buik in de grondmist en staren wazig voor zich uit.

'Heb je weleens dat je op een dag totaal anders denkt dan de dag ervoor?' vraag ik. 'Dat heb ik namelijk vandaag.'

'Ik denk dat ik weet wat je bedoelt.'

'Alsof ze toen ik sliep stiekem een paar andere sensoren in mijn schedel gestopt hebben.'

'We komen terug als aliens,' zegt Martijn. 'Klipspringer herkent ons niet meer.'

Een paar grote varkensstallen staan midden in het vlakke landschap en eromheen lopen paarden, alsof ze op zoek zijn naar de verstopte, knorrende meute. Verderop zie ik een oude vervallen schuur waarop met een spuitbus een tekst is geschreven: *individuality killed the cat.*

'Waarschijnlijk heeft boma ondanks het briefje al de politie gebeld,' zeg ik.

'En wat kan die doen? Die zal heus geen klopjacht op ons openen.'

Omdat ik vannacht slecht heb geslapen, doezel ik nu weg. Ik droom dat ik mijn hoofd op Martijns schoot leg en hij met zijn vingers door mijn haar woelt. Wanneer ik wakker schrik, schiet er een blos naar mijn wangen. Ik besluit Martijn een vraag te stellen en als hij hem juist beantwoordt, mag hij me nooit kussen.

'Weet je wat solipsisme is?'

'Dat je op jezelf bent en eenzaam?'

'Nee. Het is het geloof dat niets werkelijk bestaat behalve jezelf.'

'Heftig. Geloof jij dat?'

'Nee, anders hoefde ik geen moeite te doen hier met je te lullen.'

'Je kunt toch ook met iemand lullen die helemaal niet bestaat?'

‘Zoals?’

‘Een fantasiefiguur. Zoals een persoon uit een film of een roman.’

‘Ja, dat zou kunnen. Nou ja, ik denk in ieder geval niet dat jij een fantasiefiguur bent.’ Al was je net nog een fantasiefiguur in mijn droom, denk ik erachteraan.

Ik pluk een gratis krantje uit het bagagevak en lees op de voorpagina een bericht over een brute moord.

‘Heb je dat gelezen over die Brusselse jongen Joe, die werd doodgestoken omdat hij zijn mp3-speler niet wilde afgeven?’ vraag ik.

‘De dader was toch een Poolse zigeunerjongen?’

‘Ja, die gast zat in een soort roes. Hij moest alleen een obstakel uit de weg ruimen, niet een individu,’ zeg ik.

‘Het zat hem even tegen dat die jongen zijn speler niet wilde afgeven. Toen werd hij pissig.’

In een bliksemsnelle beweging gris ik de muts van Martijns kop en zet hem zelf op.

‘Muts of mp3-speler: kies maar,’ zeg ik.

Martijn blijft rustig zitten en doet geen moeite de muts terug te veroveren. Ik kijk om me heen naar de andere passagiers. Ze lijken weggezakt in een droomtoestand. De een ligt in coma, de ander snuffelt suf in een krantje.

Voor het laatste stuk nemen we de bus en al snel rijden we langs de zee. Er staan witte koppen op de golven. We stappen uit op een boulevard. Hoewel de zomer ernaar hunkert uit zijn donkere hol te komen, bakt de zon er nog weinig van en de wind lijdt aan voortdurende zenuwaanvallen. De huizen en villa’s aan het strand zijn verweerd. De gevels zijn aangevreten, afbladderende verf en pokdalig stucwerk, grijze kantelen vol gaten. Roestige balustrades. Alles uitgebeten, gelooid, uitgedroogd. Verderop staat een imposant, vervallen badpaviljoen op de top van een duin. We besluiten om daar een kijkje te gaan nemen.

Het gebouw is verlaten en door de grote ruiten kunnen we naar binnen loeren in de hal, waar witte beelden van Griekse of Romeinse godinnen staan. Wat op zich vreemd is, omdat zulke kapitale panden nooit lang uit de grijpgrage handjes van vastgoedjongens of andere vandalen blijven. Een van de beelden, een Venus of Aphrodite, is omgevallen en in twee stukken gebroken. We lopen om het gebouw heen en bekijken het van alle kanten, maar je kunt er nergens in.

'Dit lijkt me ons logeeradres,' zegt Martijn samenzweerderig.

Hij morrelt aan een zijdeurtje.

'Hier zit in ieder geval beweging in.'

Hij graait in zijn rugzak en haalt er een schroevendraaier uit.

'Je hebt je goed voorbereid,' zeg ik.

'Ga nooit op stap met een man zonder tools!' zegt hij, terwijl hij me aankijkt.

'Ranzig,' zucht ik verveeld.

Hij wrikt de schroevendraaier achter het slot en met een paar flinke rukken springt de deur open. Een eerste verkenning leert ons dat er hier al lang niemand is geweest. Alles is bedekt onder een laag stof. Over de meubels zijn witte lakens gedrapeerd. Hier heeft de tijd stilgestaan. Ik moet denken aan mijn theorie: als je de tijd opheft, hef je ook de dood op. Of: je kunt alleen de dood overwinnen door de tijd op te heffen. Zou dat hier gebeurd kunnen zijn? In deze grote galmende zaal met houten vloer gaan je gedachten automatisch uit naar dansavonden die in het fin de siècle moeten zijn gehouden. In een kantoortje staat een vissenkom op een bureau. Er drijft een dode goudvis in, die in een groene schimmel is gehuld. Het lijkt wel of men overhaast vertrokken is. In een blauwbetegelde ruimte is een klein binnenbad, waar lege blikjes en wijnflessen in dobberen.

We beklimmen een brede marmeren trap en komen uit op een etage met grote gastenkamers.

'Ik wil een kamer met uitzicht op zee,' zegt Martijn.

Ik draai aan een kraan en probeer een paar lichtschakelaars, maar uiteraard zijn water en elektriciteit afgesloten.

'We moeten water en kaarsen kopen,' zeg ik.

We verkennen de hele verdieping en plotseling hoor ik Martijn roepen: 'Kom eens kijken! Dit is wat we zoeken.'

Het vertrek dat hij ontdekt heeft, is een kolossale kamer en suite met uitzicht op zee.

'De bruidssuite,' zegt hij.

'Cool, deze nemen we. Zullen we inchecken bij de balie?'

We gaan naar beneden en verlaten het paviljoen. Bij de vervallen parkeerplaats aan de achterkant (een 'afwerkplek' volgens Martijn, waarop het woord 'peespaviljoen' mijn geest binnenvalt) wapperen halfvergane, rafelige vlaggen aan roestige palen. Door het asfalt van het pad dat naar het dorp leidt, hebben dikke vetplanten en scheermesscherpe grassen barsten gemaakt en zich een weg naar boven gebaand. Het asfalt gaat over in kasseien en we staan al snel midden in het centrum.

'Om te shoppen hoeven we niet ver te lopen vanaf onze residentie,' zeg ik.

Martijn reageert niet. Volgens mij heeft hij de schurft aan mijn V-woorden.

We kopen kaarsen, flessen water en proviand. Uit mijn rugzak diep ik de print op die ik thuis heb uitgedraaid.

'Dit is het adres dat Uncle Poe heeft doorgegeven,' zeg ik en laat hem het papier zien. Het huis ligt aan de andere kant van het dorp, aan de rand van een uitgestrekt duingebied. Ik stel voor er morgen heen te gaan.

'Waarom niet meteen?'

'Ik heb geen zin vandaag.'

'Koudwatervrees.' Ah, hij gebruikt ook een V-woord.

'Goed woord,' zeg ik. 'Ik hou van vreemde woorden. Ik noem ze V-woorden. Residentie was er ook een. En fin de siècle.'

'Urinewegen ook,' zegt hij droog.

We komen langs een bruin café waar ze pannenkoeken en snert serveren en besluiten ons te gaan voederen met iets wezenlijks. Het café heet De Waaiende Pruik. Als we de leren tochtflappen bij de ingang gepasseerd zijn, zien we dat het inderdaad griezelig bruin is. Boven de bar schemerlampjes met boerenbontkapjes en aan de muur een koekoeksklok en kiekjes van kale dikbuiken en rondborstige blondines, die lodderig uit hun ogen loensen. Aan een tafeltje zitten twee oude mannetjes. De een met een rood bol gezicht en kaal, de andere met ingevallen gele wangen, dun palingkleurig slierthaar en poffertjes onder de ogen. Ze drinken bier en jenever. Inboorlingen.

We trekken onze jassen uit en gaan zitten. Achter de bar

is een jonge, dikke vrouw met kortgeknipt wit haar gestationeerd. Op ons tafeltje ligt een verfomfaaide kaart, die we nauwkeurig bestuderen om uiteindelijk toch tot een voor de hand liggende bestelling te komen. Twee spekpannenkoeken met stroop en twee appelsap. De mannetjes bespieden ons. Zouden ze straks het gerucht verspreiden dat er twee onbekende scholieren in het dorp zijn geland? Wordt in een klein dorp als dit elke nieuwigheid meteen opgemerkt en doorgekletst? Tussen de mannetjes ligt een bos bloemen, asters zo te zien, en opa met het slierthaar plukt blaadjes van de bloemen. Als hij een bloem helemaal heeft kaalgeplukt, draait hij tergend traag de overgebleven knop van de steel en legt hem in een bruine, bakelieten asbak. De blaadjes liggen verspreid over het tafeltje, alsof de twee mannen de laatste overblijvers zijn van een feest dat allang is afgelopen en om wie heen alles al is opgeruimd.

'Ze moesten ze in de plomp gooien,' zegt de kale. 'Ik weet niet waar ze de poen vandaan halen, maar het is niet op een eerlijke manier verdiend.'

De ander draait nog een knop van een steel en blijft ons een paar seconden brutaal aankijken.

'Die rooie loopt zelfs met een gevaarlijke ziekte rond. Dat heeft de doktersassistente gezegd.'

Op fluistertoon speculeren we over de mogelijke reden van het demonteren van de asters. Waren de bloemen bedoeld voor een vrouw die niet kwam opdagen of opa de deur wees? We komen er niet uit. Het moet haast wel van doen hebben met de afwijzing van een vrouw.

'Zeg, zitten jullie over ons te kletsen?' vraagt de kale.

We kijken elkaar aan.

'Nee, helemaal niet,' zegt Martijn.

'En waarom geloof ik dat niet?'

'Het is toch echt niet zo.'

'Ik ken jullie smoelen niet. Zijn jullie soms weggelopen? Het is toch geen schoolvakantie?'

'We zijn hier voor onderzoek,' zeg ik.

'Onderzoek. Zo zo. En wat voor onderzoek is dat dan wel?'

De mannetjes hebben zich volledig naar ons omgedraaid en nemen ons van top tot teen op.

'We moeten van school iets uitzoeken over historische figuren,' zeg ik.

'Gelul,' zegt opa met het slierthaar.

We worden gered door de vrouw, die de bestelling komt opnemen. De inboorlingen dalen weer af in hun jenever en bier. We zijn loslopend wild voor hen, ze zouden ons het liefst als prooi verschalken. Jachttrofeeën.

Het voedsel wordt snel geserveerd en we vallen als uitgehongerde hyena's aan op de pannenkoeken. De koekoeksklok slaat en de beide mannen kijken ernaar. Ze staan op, rekenen af bij de bar en komen naar ons tafeltje. De inboorling met het slierthaar buigt zich over me heen en kijkt me met zijn bloeddoorlopen ogen aan.

'Er zijn hier geen historische figuren,' zegt hij. 'Jullie hebben hier niks te zoeken, madame.'

Hij pakt een stuk pannenkoek van mijn bord en steekt het in de vieze, vochtige spleet onder zijn neus.

'Jullie moeten oppassen,' zegt de kale.

Ze verlaten het café.

'Vriendelijk volkje,' zucht Martijn.

Nu de mannen verdwenen zijn, lijkt de barvrouw ook opgelucht. Ze komt een praatje maken.

'Het wordt slecht weer,' zegt ze. 'Er is storm op komst.'

'Vannacht?' vraag ik.

'Ja. Waar logeren jullie?' vraagt ze.

'In het badpaviljoen,' zegt Martijn.

Ze lacht.

'Daar wil iedereen wel logeren,' zegt ze. 'Vooral als je dood wilt.'

'Hoezo?' vraagt Martijn.

'Laat maar,' zegt ze.

6

Het zwembad heeft lampen op de bodem. Een diffuus blauw stuwt ons omhoog, we drijven op licht. En er cirkelen mollen om ons heen. Ze hebben pootjes met zwemvliezen. Pas als ik ze goed bekijk zie ik dat ze slapen. En nu zie ik dat ook Martijn slaapt, al zwemt hij met overdreven armbewegingen. Er drijven blikjes, strandstoelen, kartonnen dozen op het water. Ik grijp naar een fles. Er zit een foto van mijn moeder in, nee, van Galya. Er moet ook een boodschap in gestopt zijn, helaas is de fles onmogelijk nog langer vast te houden, hij is ijskoud en mijn hand dreigt eraan vast te vriezen. Ik laat hem los en hij zakt naar de bodem. Ik probeer hem achterna te zwemmen maar het blauwe licht jaagt me terug naar het wateroppervlak, waar Martijn mollen aan het verzamelen is in een vangnet. Ik probeer hem duidelijk te maken dat het geen vissen zijn, toch gaat hij onverstoorbaar verder. Zijn glimlach is die van een pop.

Ik schrik wakker van een gil. De ledlamp verlicht alleen mezelf en ik doe hem daarom weer snel uit. Ik werk me uit mijn slaapzak en loop naar het raam. Martijn snurkt. Het spookt op zee. Verwaaiende schuimkoppen. Een bijna volle maan verandert het donkere water in een loodbleek, pulserend oppervlak. Beneden rammelt de storm aan het gebouw. Weer een gil. Hij komt van beneden. Ik aarzel om Martijn wakker te maken. Doe het niet. Met de gedoofde ledlamp schuifel ik naar beneden, de trap af. Wat beweegt daar onder aan de trap, aan de wanden? Voorlopig ga ik ervan uit dat er niets kan bewegen. Alleen ík kan bewegen. Alleen ík beweeg. Beneden wordt een zucht geslaakt. Ik zweet. De smaak van roest in mijn mond. Ik blijf doodstil staan om me niet te verraden. Dan schuifel ik langzaam langs een lege vitrine in de richting van het geluid. Er is wel degelijk beweging. Er wieken schaduwen van vleugels over de muren. Is het de storm die hier weerkaatst binnendringt? Aan de wand tegenover me hangen ingelijste familiefoto's, niet eerder gezien. Het geraas van de storm neemt toe en een felle regen slaat tegen de ruiten. Er kleppert iets hard tegen een buitenmuur. Een vlaggenstok, een losgeraakt afdak? De grote hal wordt vaag verlicht door een schijnsel, een gezeefd licht dat blauwig en waterig is. Opnieuw hoor ik gezucht. Het klinkt vanachter een betegeld muurtje dat een kleiner gedeelte van de hal afscheidt. Gekreun. Via de gigantische spiegelwand tegenover me kan ik achter dat muurtje kijken, maar omdat het er veel donkerder is zie ik alleen vage schaduwen. Als ik dichterbij kom, stokt de adem in mijn keel. Er staat een kind. Ik doe nog een paar stappen dichterbij, zodat ik hem via de spiegel beter kan onderscheiden. Zijn gezicht is onherkenbaar. Hij heeft weelderige krullen. We staren elkaar aan. Plotseling herken ik hem. Het is het engelachtige broertje uit mijn droom, de jongen die naar haardvuur en as rook.

'Isis!' klinkt het vervormd, verrafeld. Een ijsdruppel glijdt langs mijn ruggengraat. Opnieuw: 'Isis!' Dan verdwijnt hij. Zijn voetstappen sterven weg en het geluid dat overblijft – verhevigd lijkt het – is van de storm, die nijdig en met uithalen het paviljoen bestookt.

Ik word wakker doordat Martijn beweegt. Onze slaapzakken liggen tegen elkaar aan. Blijkbaar zijn we vannacht steeds dichter naar elkaar toe geschoven. Hij is overal doorheen geslapen en ik heb besloten hem niets te vertellen over de engel met de krullen. Ook heb ik me voorgenomen terug te gaan naar De Waaiende Pruik om de barvrouw nader aan de tand te voelen over haar opmerking dat iedereen wel in het badpaviljoen wil logeren, 'vooral als je dood wilt'. Dat is me blijven achtervolgen. Fuck, wat kan ze daar in godsnaam mee bedoeld hebben?

Ik kruip uit mijn slaapzak en loop naar het raam. De storm is gaan liggen en het lijkt of ervoor in de plaats een extra stille zee is gekomen, zoals iemand na een woede-uitval extra aardig is om het goed te maken. Martijn bromt wat en wrijft overdreven in zijn ogen.

'Dat was een flinke storm, niet?' zegt hij met een krakende stem.

'Een duel der giganten.'

'Hè?'

‘Wie het meeste lawaai kon maken. Jij met je gesnurk of de storm.’

‘Was het zo ongezellig?’

We maken een ontbijt met biscuits, chocola en melk.

‘Ooit gehoord van Soul Catcher 2025?’ vraag ik.

‘Nee.’

‘Dat is een microchip die Engelse wetenschappers van een telecombedrijf aan het ontwikkelen zijn. Ze denken dat-ie in 2025 af is. Het is de bedoeling dat ze hem achter het oog in een zenuw implanteren zodat alle gedachten, ervaringen en gevoelens van een persoon geregistreerd kunnen worden.’

‘En wat kunnen ze daarmee doen?’

‘Ze kunnen die gegevens combineren met de genetische blauwdruk van die persoon. En met al die informatie zou die persoon opnieuw gemaakt kunnen worden.’

‘Klinkt niet onlogisch,’ zegt Martijn.

‘Het wordt het einde van de dood genoemd.’

‘Nou, dat maken wij niet meer mee. Of misschien half.’

‘Fysiek kunnen we dan onsterfelijk zijn, emotioneel en rationeel kunnen ze dan alleen de tweede helft van ons leven vangen.’

‘We zullen ook geen geheimen meer hebben. Alles wordt opgenomen door de bewakingscamera in ons hoofd.’

‘Dat is waar. De politie hoeft het maar op de computer af te spelen en ze weten wie de moord gepleegd heeft.’

Martijn propt een laatste Sultana in zijn al volle mond en we vertrekken. Het voorstel om bij De Waaiende Pruik koffie te gaan drinken, vindt hij prima.

We steken de parkeerplaats over en volgen het asfaltpad

naar het centrum. Als we voorbij de etalage van een winkeltje met prullaria komen, valt mijn oog op een opwindbaar blikken mannetje met een hoge hoed op (maakte mijn vader dit soort gekke hoeden?). Ik blijf staan en bekijk het speeltje. Uit zijn rug steekt een sleuteltje. Ogenblikkelijk weet ik dat ik het poppetje wil hebben.

'Ik ga even wat kopen,' zeg ik en duw de winkeldeur open.

Er klinkt een belletje. Een oudere man met grijs sliertthaar en het gezicht van een mummie verschijnt. Het is toch niet... nee, hij lijkt er alleen op. Zou een broer kunnen zijn. Is in ieder geval ook over de houdbaarheidsdatum heen. Ik vraag hem naar de prijs van het blikken mannetje. Hij ziet me bedenkelijk kijken bij het horen van de hoge prijs.

'Oké, ik zie dat je het heel graag wilt hebben. Voor jou is hij voor de helft van de prijs.'

Ik betaal en met het in krantenpapier verpakte poppetje ga ik naar buiten. Martijn heeft alles door de etalageruit gevolgd en zegt er niets over.

Als we bij De Waaiende Pruik aankomen, blijkt vandaag dezelfde vrouw te bedienen. We gaan naar binnen en bestellen koffie. Ik pak mijn poppetje uit en zet het voor me op het tafeltje.

'Laat me raden,' zegt Martijn. 'Jouw versie van een voodoopoppetje.'

'Zoiets ja. Eerder een voorspeller.'

Ik draai aan het sleuteltje om het mannetje op te winden. Als ik hem loslaat, stapt hij parmantig in militaire pas over de tafel. Voordat hij de rand bereikt valt hij om en ligt onhandig nog wat trapbewegingen te maken.

'En?' zegt Martijn.

'Als hij van de tafel was gevallen, was onze exercitie vandaag tot mislukken gedoemd. Nu zullen we succes hebben en een stap verder komen.'

Martijn kijkt me meewarig aan.

De vrouw brengt de koffie.

'U had gelijk over de storm,' zeg ik. 'Maar ik heb een vraag over iets wat u gisteren zei over het badpaviljoen.'

'Wat bedoel je?'

'U zei dat iedereen daar wel wil logeren. Vooral als je dood wilt.'

'O dat. Er is daar vorig jaar het lijk van een kind gevonden. Het bleek om een moord te gaan. De zaak is nooit opgelost. Jullie hebben toch niet werkelijk in het paviljoen geslapen?'

'Nee,' antwoord ik. 'Natuurlijk niet.'

Een kwartier later lopen we dwars door het plaatsje naar het duinreservaat, aan de rand waarvan het huis moet liggen dat we zoeken. Het blijkt een losstaande kleine villa met een rieten dak te zijn. Naarmate we het huis naderen, krijg ik meer de kriebels en beginnen er in mijn hoofd allerlei stemmen te toeteren dat het een belachelijk plan was om hierheen te komen.

Er is geen naambordje. Vanuit het huis klinkt klassieke orkestmuziek en nadat we hebben aangebeld duurt het een eeuwigheid voordat er wordt opengedaan. Een vrouw met loshangend, lang wit haar verschijnt in de deuropening. Ze heeft een vriendelijk bleek gezicht met rode wangetjes. Een moment denk ik dat het make-up is, maar als ik haar goed bekijk zie ik een griezelig dunne huid met gesprongen adertjes.

'Wat willen jullie, liefies?'

'Ik heb een rare vraag,' zeg ik. 'Ik ben in dit huis geboren en wilde vragen of ik een keer rond zou mogen kijken.'

'Natuurlijk kind, kom erin.'

Binnen wordt de muziek zachter gezet en een mannenstem roept: 'Wie is dat?'

'Twee ongenode gasten,' roept de vrouw terug.

'Doe jullie jassen uit, dan zet ik een kop warme chocolademelk,' vervolgt ze tegen ons.

We gaan de woonkamer in en geven de man een hand.

'Isis Jaspers,' zeg ik.

'Beethoven. De Negende,' zegt de man.

'Aangenaam,' zeg ik.

Hij draagt een metalen bril en een zwarte toupet waar grijze haartjes onderuit komen. 'Ga zitten!'

Terwijl de vrouw naar de keuken gaat, leg ik hem uit waarom we het huis willen bekijken. Uiteraard is dat enkel een aanleiding om het echtpaar uit te kunnen horen over mijn ouders.

De man schuifelt naar de versterker en draait het volume omhoog.

'Luister!' roept hij. 'Schitterend!'

Hij draait opnieuw aan de knop en de muziek staat zo hard dat het niet langer mogelijk is 's mans eventuele kennis over mijn ouders af te snuffelen. Gelaten ondergaan we deze beproeving en bespieden de snuisterijen waar de kamer vol mee staat. Veel Mariabeeldjes, een aantal ingelijste fotoportretten, Chinees serviesgoed, een verzameling bergkristallen. Een hoge, schrille toon snijdt ijselijk vals door het pompeuze geweld heen. Het is de stem van de oude man.

Freude trinken alle Wesen
An den Brüsten der Natur:
Alle Guten, alle Bösen
Folgen ihrer Rosenspur!

De vrouw komt terug met een dienblad waarop twee mokken dampende chocolademelk staan. De muziek wordt iets zachter gezet. Door de open keukendeur trippelt plotseling een witte kip de kamer in, die door de man prompt weer terug de keuken in gejaagd wordt. Onder luid kakelend protest vlucht de kip weg.

We nippen van onze gloeiendhete en mierzoete chocolademelk. De vrouw gaapt ons met een even mierzoete glimlach aan.

'Herinner je je nog iets van het huis?' vraagt ze.

'Haast niks. Ik was vier jaar oud toen ik hier wegging. Ik herinner me alleen een donkerrood gordijn met een gouden stiksel.'

De vrouw haalt haar schouders op.

'Die hebben we niet. En ik herinner me die ook niet.'

'Hoelang woont u hier al?'

'Twaalf jaar.'

'Dan bent u na mijn ouders hierin gekomen.'

'Het huis stond leeg. Alles is via een makelaar gegaan.'

'U hebt nooit iets gehoord over de vorige eigenaars?'

'Ik geloof het niet. Wacht eens even... we hebben de eerste jaren nog post nagestuurd.'

'Naar wie dan?' Ik heb mijn verhemelte verbrand omdat ik te snel een slok van de hete chocola heb genomen.

'Dat heb je nog wel,' zegt de man. Hij peutert met een tandenstoker in zijn gebit. 'Dat staat vast in ons adressenboekje.'

'Nou, dan zijn we benieuwd,' zegt Martijn en hij wrijft verveeld door zijn haar.

'Vogelenzang, dat weet ik wel,' zegt de vrouw. 'Dat is toch een inrichting?'

'Ja, een heel bekende,' murmelt de man.

De vrouw haalt het adressenboekje en bladert erin.

'Ja hier. Marjon Jaspers. Vogelenzang, Bennebroek. Zegt je dat iets?'

Er worden naalden in mijn zenuwen gestoken. In een fractie van een seconde ben ik één bonk acupunctuur.

'Dat is de naam van mijn moeder,' zeg ik.

'Nou, dat klopt dan toch?'

'Nee,' zeg ik met een droge mond. 'Want toen was ze al dood.'

'Ach liefie, dat wist ik niet. Wat erg voor je. Dan zal het wel voor iemand zijn geweest die haar naam gebruikte voor de doorgestuurde post.'

'Ja, dat zal dan wel.'

Martijn kijkt me zwakbegaafd aan. Ik heb hem nooit eerder zo snel van gezichtsuitdrukking zien veranderen.

'Mag ik dat adres overschrijven?' vraag ik.

Ze kijken me alle drie overdreven intens aan. *Zeg, hou eens op, Peruanemans!* had ik willen zeggen, maar mijn tong wil niet meer zo.

'Natuurlijk, schat. Ik pak wel een papiertje en een pen.'

De man wrikt verwoed met het stokertje tussen zijn tanden en ik zie ze vallen, één voor één, de tandenstompjes, ze vallen op het zachte tapijt met de wybervormige roze en groene figuren, en Peruanemans raapt ze op, stopt ze in de belachelijk grote zakken van zijn werkmansbroek en zucht bij elk stompje dat hij opbergt. De Negende is afgelopen en er is een regentje tegen de ruiten gaan tikken.

7

Boma maakt miniatuurmeubeltjes voor poppenhuizen. Daar heeft ze zich de laatste tijd weer met huid en haar op gestort. In huid en haar van boma is het moeilijk binnendringen. Je zou kunnen zeggen dat ons huis een binnenplaats heeft die verboden terrein is. Die binnenplaats is boma. Waarom is ze niet pissig geworden na mijn onaangekondigde uitstapje? Ik vind haar tolerantie haast eng. Heeft ze medelijden met me? Vermoedt ze waar ik mee bezig ben? Heeft Galya haar iets toevertrouwd (want zo is ze)? Waarom doen ze allebei ineens griezelig lief tegen me? Ook Martijn heeft al twee keer zijn arm om mijn schouder geslagen en me een kus op mijn wang gegeven. Ik hoop dat daar iets meer bij zit dan alleen medelijden of begrip.

Ik heb het blikken poppetje met zijn hoge hoed inmiddels de Mad Hatter gedoopt en het gebruikt om mijn toekomst met Martijn te peilen. Als het van de tafel zou vallen, zou het tussen ons zo blijven als het nu was. Het mannetje kwam voor de rand tot stilstand. Ik denk dat er tussen Martijn en mij iets gaat opbloeien. Ik heb hem gevraagd mee te gaan naar Vogelenzang. Zonder aarzelen hapte hij maar al te graag toe.

Galya's avatar begint aardig perfect te worden. En ze is in haar Tweede Leven een wereldverschijning. Ze ontmoet er nieuwe individuen. Martijn is niet in haar Tweede Leven. De kans dat Martijn en Galya elkaar ontmoeten is nagenoeg nihil.

Ik kleed me uit en ga naakt voor de spiegel staan. Achter de spiegel gloeien de ogen van Martijn. Mijn lichaam is dun en knokig. Zou er ooit donder en bliksem in een mannenlichaam omhooggestuwd kunnen worden bij het aanschouwen van zo'n uitgemergelde spillebeen? Twee erwtjes op een plank. Vogelverschrikker. Ik ontbloot mijn spookwitte tanden en grijns naar mezelf in de spiegel. In mijn fantasieën worden de omhelzingen met Martijn steeds concreter. Maar ik ben er wel bang voor. Het is ook de angst Galya te verliezen door me uit te leveren aan Martijn. Het vreemde zal het bekende overwoekeren en opvreten. Zo gaat het toch altijd? En Galya verliezen betekent een deel van mezelf verliezen. Dat mag nooit gebeuren. We kunnen elkaar alleen bezitten door een ander níét te bezitten. Komt daar mijn angst vandaan? Zou hij haar in plaats van mij kunnen begeren? Juist omdat we op elkaar lijken en toch anders zijn? Waarschijnlijk bevalt hem de ene variant beter dan de andere. En dan bezit ik niks meer. Noch haar noch hem. Dat is waarom ik haar van hem weghoud.

Van Uncle Poe hebben we niets meer gehoord. Waarschijnlijk vindt hij dat hij ons op het goede spoor heeft gezet en dat we zijn hulp op dit moment niet nodig hebben. Ik werk aan een avatar van hem. Galya lijkt haar interesse in de hele zaak kwijt te zijn. Toen ik haar van mijn bevindingen vertelde, trok ze haar wenkbrauwen op en zei: 'Ik ben bang dat je een doodlopende weg bent ingeslagen.'

Eerlijk gezegd ben ik wel blij met haar tanende interesse, zodat mijn team nu alleen bestaat uit Martijn en mijzelf. Alsjeblieft geen Galya erbij.

Wat voor alien is er in me opgestaan? Is het dezelfde alien die ik soms zie bij mijn klasgenootjes, als ze gestoord hard gaan lachen en hun wangkwabben vuurrood kleuren? De slaafse wellust die uit al hun gebaren blijkt, alsof ze de alien willen verjagen met hysterische bewegingen. Nooit zal ik zo worden als zij. Nooit zul je aan mij iets zien. Geen rode konen, geen bezwete bovenlip, geen uitpuilende kijkers.

De dagen worden snel warmer alsof het klimaat niet kan wachten om tot een geweldig broeierige en verdovend hete zomer over te gaan. Martijn heeft me gevraagd mee te gaan naar een feest dat op school wordt georganiseerd. Maar er zit een kink in de kabel. Die kink zal ik fijntjes weg moeten zien te werken. Het zit namelijk zo dat Galya gisteren mijn kamer kwam binnenlopen en op nogal opgewonden toon vertelde dat een jongen haar voor hetzelfde feest heeft gevraagd. No way dat zij daar heen zal gaan als ik daar met Martijn ben, als het aan mij ligt. En daarom heb ik dus een leep plan gesmeed. Wie die jonge god dan wel was? Hij heette Tim Oudmans. Geen veelbelovende naam, Galya... En ik was gauw achter zijn telefoonnummer. Ik durfde niet vanaf mijn eigen mobieltje te bellen, dus wachtte ik tot boma en Galya niet thuis waren.

‘Met Tim.’

‘Hi, met mij.’

‘Hé, jij!’ (kan wel wat minder, Tim)

‘Luister eens. Ik heb me bedacht over dat schoolfeest. Ik wil liever geen contact meer met je.’

‘Wat bedoel je? Hoe komt dat ineens?’

‘Dat gaat je niets aan. Ik vind je gewoon fokking vervelend. En megasaai eigenlijk.’

‘Maar... ik...’

Verbinding verbroken.

Een dag later vertelt Galya dat Tim haar volledig links laat liggen. Ik zeg dat ik hem wel ken, die Tim. Die rotzooit met allerlei meisjes. Onbetrouwbaar type.

‘Mooi dat ik helemaal niet meer naar dat feest ga.’

‘Dat zou ik ook niet meer doen,’ zeg ik.

Het feest wordt gehouden in een van de noodketen bij de school. Er staat bij de sportvelden een aantal barakken, waarin niet meer wordt lesgegeven sinds de nieuwe vleugel is afgebouwd. Voordat de gebouwtjes worden gesloopt, mogen leerlingen ze gebruiken voor feesten. Het duister begint te vallen en de hemel dobbert in een rossigpaarse gloed. In plassen water op het pad naar de barakken spiegelt het late daglicht spookachtig, alsof er bloed door gemengd is. Boven de voetbalvelden cirkelen schreeuwende meeuwen. Een stapel lege bierkratten rijst op naast de ingang. Binnen is het opgeleukt met slingers en ballonnen. De slingers dateren van eerdere gelegenheden, te oordelen naar de verfomfaaide staat waarin ze verkeren. Een tafel doet dienst als bar. Als Martijn en ik binnenkomen, krioelt het al van de inboorlingen. Ik hoor iets knisperen onder mijn schoenzolen en zie dat de grond bezaaid ligt met dode bijen. Komisch, deze massale sterfte. Nog komischer dat ze de lijkjes niet hebben opgeveegd voordat het feest begon. Martijn heeft zijn Peruaanse muts verruild voor een legergroene baseballpet met een rode communistische ster erop. Terwijl er tussen Martijn en mij niets is gebeurd, voel ik me aan zijn zijde toch zijn vriendinnetje. Misschien moet je dingen eerst uitbeelden, voordat ze werkelijk kunnen worden. Zoiets als een avatar.

Ook lijkt het alsof ik door als scharrel van Martijn hier aanwezig te zijn, plotseling bij meer jongens in het hormonenvizier verschijn dan doorgaans. Knisperend komen ze over de dodenakker van bijen aanglijden. Een zwetende vetklep met uitpuilende ogen dringt zich tussen Martijn en mij in en gaat zo dicht bij me staan lullen, dat ik zijn zure adem inhaleer. Martijn weet me op subtiele wijze bij hem weg te loodsen.

Mijn wenkbrauwen jeuken, een teken dat er optimale dingen staan te gebeuren. Ik haal voor Martijn een biertje, voor mezelf een breezer (de lekkerste: de Bursting Blueberry). Juffrouw Klipspringer duikt plotseling op in een mokkakleurig mantelpakje. Ze ziet eruit als een geschminkte dode sprinkhaan met een bad hair day. Als ze me wil aanspreken, draai ik me om en loop met mijn twee drankjes weg. Heb vanavond even geen zin in een redevoering van een geschminkte dode sprinkhaan met een bad hair day. Misschien kan ze ook smakelijk knisperen onder een inboorlingenzool.

Ik ben blij dat Galya er niet is. Dat geeft lucht. Het is

goed dat we elkaar wat meer ruimte geven. Nu even niet haar hete adem in mijn nek. Nu even liever de hete adem van Martijn.

Ik ben alweer een paar breezers verder, als Martijn zijn arm om mijn schouder legt. Ik haak aan en pak hem vast om zijn middel. Hartkloppingen tot in mijn fontanellen. Ik waag het mijn wang op zijn schouder te leggen en ruik zijn hooiachtige geur. Hij zucht. Verder niets. Ziet hij alles alleen als vriendschap? Ik zoek naar zijn hand. Vingers die behoedzaam strelen. Hij verzet zich niet.

'Zullen we een stukje lopen?' vraagt hij.

We gaan naar buiten. Achter een helverlichte wolk staat de bijna volle maan. Mijn blote armen zijn door het licht sneeuwwit. De geur van gemaaid gras dringt mijn neusgaten binnen. Er zijn veel vogels die lawaai maken, alsof ze protesteren tegen de nacht die valt. Uit de barak komen dreunende bassen en een vaag gedruis, een mengeling van stemmen en muziek.

We lopen naar de botanische tuin, waarachter een doolhof ligt, dat door leerlingen is aangelegd. Als we het hekje gepasseerd zijn en over de smalle paadjes tussen de kruiden- en groentetuintjes door lopen, hebben we nog steeds niets tegen elkaar gezegd. We staan stil en kijken elkaar aan. Martijn gaat zacht met zijn hand door mijn haar, zijn vingers spelen met de uiteinden van mijn lokken. Hij streelt mijn nek. Dan – voor ik er erg in heb – zoenen we. Het is of er een loden last van mijn schouders valt. Een doorbraak, zo voelt het. Een uitbraak. Ik druk mijn lichaam tegen het zijne. Om mijn hoofd zit een capsule, een bolster, die er blijkbaar altijd geweest is maar die ik nooit bewust heb gezien of gevoeld, en die valt nu uiteen in duizenden kruimeltjes. Kruimeltjes die lichtpuntjes worden en dan helemaal verdwijnen. Er springen tranen in mijn ogen, maar ik verbijt me. Onverwacht wordt er een diep, ijskoud verdriet in me naar boven gestuwd, tegelijk met de warme, gelukzalige golven die de omhelzing met Martijn me bezorgt.

Als we elkaar na een eeuwigheid loslaten, stelt Martijn voor het labyrint in te lopen.

'Ik hoop dat we verdwalen,' zeg ik.

Het gekwetter van de vogels neemt snel af. Ook al zijn de manshoge hagen van het labyrint slecht onderhouden en kun je er op sommige plaatsen doorheen kijken, al binnen een paar minuten zijn we onze oriëntatie volledig kwijt.

'We laten het toeval bepalen hoe we lopen,' zeg ik. 'Wedden dat we dan de uitgang vinden?'

'Ik neem telkens het getal een of twee of bij een driesprong drie in mijn hoofd en jij bepaalt steeds waar die getallen voor staan: voor links, rechts of rechtdoor. En als je dat hebt bedacht, zeg ik het getal.'

'Cool.'

Een wit konijn schiet voor ons uit een gang in.

'Die zouden we ook kunnen volgen,' zegt Martijn.

'Nee, het moet de magie tussen ons tweeën zijn die alles bepaalt.'

Kiezel knarst onder onze voetzolen. Het duurt niet lang voor we de uitgang vinden.

8

Soms lijkt het huis te zuchten als een oude, vermoeide grootmoeder. Ook hoor ik klokken tikken, al zijn ze er niet. En steeds weer zijn er geesten in het huis, dat is zeker. Ze deren me niet, deze maffe schimmen van overleden personen die ik nooit heb gekend. Toch is er één ding dat wel als een duffe fret aan mijn balans ligt te knagen. De verhoudingen zijn verschoven. De aanwezigheid van Galya is veranderd. Sinds ik met Martijn naar het feest ben geweest, is ze afweziger geworden. Er zijn barstjes in onze hechte band gekomen. Is ze jaloers?

Komende zaterdag gaan Martijn en ik naar Vogelenzang om verder te wroeten in de compost van mijn verleden. Ik heb gebeld en ik kan me melden bij paviljoen Eickendonck. Ik heb Galya opnieuw gevraagd of ze mee wil. Ze wil niet. Ook heb ik de Mad Hatter weer ingezet. Een belangrijke ontdekking in Vogelenzang of geen belangrijke ontdekking? De hoedenmongool donderde niet van de tafel, dus wordt het een belangrijke ontdekking.

De avatars van Galya en Uncle Poe moeten het even zonder mij doen. Ze gaan hun gang maar. Ik heb ze in Second Life geplaatst. Laat ze daar maar op hun eigen houtje aanrommelen. Ben opgeslokt door mijn New Life met Martijn. Zoals boma opgeslokt is door het gefröbel met haar miniatuurmeubeltjes. Soms heb ik het idee dat ze zelf aan het krimpen is om uiteindelijk in een van haar poppenhuizen te kunnen gaan wonen. Honey, I Shrunk the Grannies. We worden allemaal ergens door opgeslokt en drijven daardoor uit elkaar. Ik weet dat het weer goed gaat komen. We zitten in een overgangsperiode.

Op aanraden van Martijn heb ik een verhaal van de schrijver Jorge Luis Borges gelezen: 'De ronde ruïnes'. Dat was een gouden tip, want het verhaal blijft in mijn brein rondspoken. En hoewel het vrij droog en onsentimenteel is, heeft het me ontroerd. Ik probeer erachter te komen hoe dat kan. Het verhaal gaat over een man, een magiër, die zich in de ruïnes van een heiligdom een zoon probeert te dromen, in de hoop dat die zoon uiteindelijk werkelijk wordt. Het lukt hem en hij vernietigt de 'leerperiode' van de zoon, zodat hij niet weet dat hij een schim is. Alleen voor het vuur is de magiër bang: 'hij herinnerde zich dat van alle schepselen ter wereld het vuur het enige was dat wist dat zijn zoon een schim was.' Het verhaal eindigt aldus: het heiligdom dreigt vernietigd te worden door een vuur en in plaats van te vluchten begrijpt de man dat het vuur juist een zegen is. Het zal hem verlossen van zijn ouderdom en zijn pijnen. Hij loopt het vuur in en dan blijkt dat het vuur hem niet kan deren. Het is vooral de slotzin die me ontroert: 'Opgelucht, vernederd, ontzet, begreep hij dat hij ook een schim was, dat iemand anders hem droomde.'

Ik blijf er dagen over nadenken waarom het verhaal me aangrijpt. Ik kom er niet uit. Als ik Martijn erover vertel, glimlacht hij en geeft me een tekst uit *The Mind's I*, een boek dat hij zijn bijbel noemt. Het is een commentaar op het verhaal van Borges. Hoe weet hij dat dit mij mateloos raakt? Is hij soms stiekem ook een magiër?

Wie ben ik? is de eigenlijke vraag in de tekst. Zou ik de droom kunnen zijn van mijn lichaam, die mij tijdens zijn handelingen heeft geconstrueerd? Als ik met Martijn over deze dingen spreek, vertelt hij me over een andere breinfokker van Borges. Piekerend over het feit dat in *Hamlet* een toneelstuk wordt opgevoerd dat het verhaal van *Hamlet* speelt en het feit dat in *Don Quichot* Don Quichot het boek *Don Quichot* leest, bedenkt Borges het volgende: als de personages in een verhaal lezers of toeschouwers van dat verhaal kunnen zijn, kunnen wij, hun lezers en toeschouwers, dan niet evengoed fictie zijn?

Ik besluit meer van Borges te gaan lezen. Het idee dat Martijn en ik deze zaken in een droom bespreken en dat we in een droom zouden hebben staan zoenen, is eerder troostend dan griezelig. Dat is een raadsel dat ik moet oplossen.

Ik heb gisteren ruzie met Galya gehad. Ik ontdekte dat ze bloemen heeft gedroogd in het Borges-boek van Martijn, dat nu geweldig verpest is. Bruine vlekken hebben zich door meerdere pagina's gevreten en hele passages zijn onleesbaar geworden. Had ze niet een van haar eigen kloteboeken kunnen gebruiken voor die kleuterhobby? Ze heeft me natuurlijk met opzet willen irriteren. Nu ik zwaar over de zeik ben gegaan, negeert ze me. Als ze het over die boeg wil gooien: ik ben toevallig ook fokking goed in negeren.

Voor het eerst ben ik uitgenodigd bij Martijn thuis op de Potgieterstraat. Geen haar op mijn schedel die erover zou piekeren Martijn bij ons uit te nodigen. Ik zou me kapotschamen. No way dat Martijn aan tafel moet met een Shrinking Granny, die over haar jeugd in de Gouden Eeuw gaat zitten hakkelen, en een hysterische droogbloemverzamelaarster die verrassend veel op het hoofdpersonage lijkt. En dan komt er ook nog een hond in dat toneelstukje voor, die zo lijp als een deur is. Maar goed, ik ben dus uitgenodigd op de Potgieterstraat. Martijns moeder is van Tunesische afkomst en ze gaat voor ons een 'brique à l'oeuf' maken, filodeeg uit de oven gevuld met ei en tonijn. Ik merk dat ik zenuwachtig ben om Martijns ouders te ontmoeten.

Op de weg erheen krijg ik een droge strot en ik moet goed opletten niet onder een auto te fietsen of tegen een stoeprand aan te knallen. In mijn brein dreint een lage zoemtoon en het is of mijn ogen minder naar binnen transporteren dan anders. Ik zet mijn fiets vast aan een hek en loop met waggelbenen naar de voordeur. De zoemtoon trekt nog een extra register open, maar bij binnenkomst omhelst Martijns moeder me zo hartelijk, dat al mijn neuronen prompt weer kalm in hun mandje gaan rusten. In de woonkamer liggen dikke, handgeknoopte tapijten in zand- en aardekleuren en ik waan me ogenblikkelijk in een andere, exotische wereld. Martijn heeft een jonger zusje met pikzwart haar, dat me verlegen begroet en zijn vader geeft me een ferme handdruk.

We gaan meteen aan tafel. Er staan twee kandelaars met brandende kaarsen en alles lijkt feestelijk opgeleukt voor mijn bezoek, tot de linnen servetten met afbeeldingen van rozen aan toe. Het meisje neemt me van top tot teen op. Nu pas zie ik dat ze als enige van de familie lichtgroene ogen heeft, wat haar in combinatie met het donkerbruine haar tot een topexemplaar van moeder natuur maakt. De keukengeuren doen mijn speekselklieren joelen en als de briques op tafel komen, kan ik me nauwelijks beheersen om er niet op aan te vallen en meteen aan het bunkeren te slaan.

'Hoe gaat het met je oma?' vraagt Martijns moeder als ze de briques over de borden verdeelt.

'O, met boma gaat het goed. Met boma gaat het altijd goed,' antwoord ik.

'Hoe komt dat zo?'

'Boma is nooit ziek. En ze heeft geen leeftijd. We weten eigenlijk niet meer hoe oud ze is.'

Ze werpt een blik op haar man, die om mijn opmerking moet lachen. Het stelt haar gerust, want ik zie dat ze het maar een gestoorde uitspraak vindt.

'Tast toe. Heb je wel eens eerder een brique gehad?'

'Nee, dit is een primeur.'

Weer de blik naar haar man.

Omdat ik met een te opgefokte gretigheid in het deeg hap, druipt er eigeel over mijn kinnebak en geschrokken slaak ik een gesmoorde kreet.

'Dat gebeurt altijd bij premières!' lacht Martijn en hij schiet me met zijn servet te hulp. Behoedzaam veegt hij het plakkerige goedje weg en omdat er een restant aan mijn huid blijft kleven, vraagt hij me mee te komen naar de keuken om het karwei met een natgemaakte theedoek af te maken. Als we uit het zicht van de anderen zijn, geeft hij me een snelle kus op mijn kleverige mond en maakt dan mijn gezicht schoon. Wanneer ik weer aan tafel ben gaan zitten, voel ik nog steeds zijn bloedlauwe lippen op mijn huid najubelen. Ik ben bang dat ik een rode blooskop krijg, maar gelukkig stelt Martijns vader me een praktische vraag.

'Ik heb gehoord dat je erg handig met de computer bent,' zegt hij.

'Ach, dat is een hobby van me. Ik maak virtuele parken. En soms een avatar.'

'Fantasiewerelden.'

'Ja, het zal wel een vlucht zijn.'

'Een vlucht waarvoor?'

'De verveling, neem ik aan.'

Ik neem een hap van de salade.

'Je weet toch wat een blondje doet tegen de verveling?' zegt Martijns vader grijnzend.

'Nee.'

'Ze rangschikt haar M&M's op alfabetische volgorde.'

'Haha. Nou, dee brunette rangschikt enen en nullen!' zegt Martijn. Ik zie dat hij zich schaamt voor zijn vader.

'Ach, die stomme mopjes hoor ik altijd op mijn werk.'

Martijns vader werkt bij een grote verzekeringsmaatschappij en ik probeer me een flauwe mop over verzekeringsmensen te herinneren, maar er schiet me niets te binnen.

Na het zoete amandeltoetje stelt Martijn voor dat we op

zijn kamer tv gaan kijken. Zijn ouders geven geen krimp. Bij boma zouden we dat niet hebben moeten flikken. De kamer van Martijn is het tegendeel van wat ik ervan had verwacht. Het tegendeel van wat ik van een jongenskamer had verwacht. Nou ja, van een jongenskamer die niet van een homo is. Alles is netjes opgeruimd. Boeken en tijdschriften in stapeltjes, bed keurig opgemaakt met sprei erover, geen rondslingerende kledingstukken of gebruiksvoorwerpen. In de boeken steken briefjes in verschillende kleuren. Martijn gaat op het bed zitten en slaat brutaal lachend met zijn vlakke hand op de sprei om me uit te nodigen naast hem plaats te nemen.

'Rood voor passages over de liefde? Geel voor passages over de haat?' vraag ik.

'Waar heb je het over?'

Ik wijs naar zijn boeken.

'O dat? Nee, dat is een heel ander systeem.'

Hij legt zijn hand op mijn rug en is duidelijk niet van plan zijn systeem uit te leggen. Ik vermoed dat er een ander systeem in zijn brein opborrelt. Ineens is het snikheet in de kamer en er gaan een paar fokking alarmbellen af, omdat de handelingen die me ooit voor ogen hebben gezweefd bij alle zaken over seks waarover ik heb gelezen en gehoord, plotseling voorstellingen worden van een abstract en wetenschappelijk soort stripverhaal dat in de verste verte niets met de werkelijkheid op deze sprei te maken kan hebben. Als Martijn zijn hand naar mijn nek opschuift en daar onder mijn haar de huid masseert, verdwijnt dat stripverhaal weer even snel als het verschenen is en blijft er alleen een grote, onbegrijpelijke verwarring over, een potpourri van over elkaar heen tuimelende vleeskleurige schilderwerkjes. Het bed kraakt als ik ga verzitten. Martijn begint me zo heftig te zoenen dat onze tanden tegen elkaar aan slaan, alsof er met twee bierpullen wordt geklonken (ik zie één seconde twee Beierse vetzakken voor me, naakt op hun lederhosen na). Dan doet hij het voorzichtiger en laat zijn tong in mijn mond rondgaan. Hij bijt af en toe zachtjes op mijn lippen. Zijn hand glijdt onder mijn shirt en vindt meteen mijn tieten omdat ik geen beha draag.

'Kan er niemand binnenkomen?' vraag ik.

'Nee, dat gebeurt niet.'

Hij drukt me achterover en begint me weer te zoenen, terwijl zijn lichaam half over me heen ligt. Hij schuift mijn shirt omhoog. Geen goed systeem als we zo blijven liggen.

'Wacht,' zeg ik. 'Laten we het allebei uittrekken.'

Het voelt onwennig en tegelijk vertrouwd, mijn naakte huid tegen de zijne. Dit is de eerste keer dat mijn lichaam zo'n contact heeft met een ander lichaam. En dan besef ik ineens dat er wel degelijk een eerdere keer is geweest. Het intieme contact van huid op huid. Het is lang geleden maar het was er onbetwijfelbaar en voor een lange periode, met geluiden die vaag doordrongen in een fluwelen schemerwereld... waar alles omfloerst en gesluierd is... Met Galya, in de baarmoeder... Het moet haast een onbewuste herinnering zijn die opgeroepen is door de verstrengeling hier op het bed. De herinnering is onverdraaglijk en ik sluit me ervoor af door volledig op te gaan in Martijn. Toch komt het beeld steeds weer terug en alles om me heen wordt troebel, diffuus, vochtig... de kamer vloeibaar... We trekken al onze kleren uit, Martijns handen zijn overal, een octopus die me op alle plekken tegelijk verkent en aftast. Met zijn tentakels in me binnendringt en me weer verlaat. Zijn mond zuigt aan me, likt me, ik ben een opzwellend en uitdijend wezen, een vloeibaar lichaam, een prooi die gewillig en hunkerend zichzelf voert aan het zachte roofdier. Als hij in me komt, hap ik naar lucht. We zijn een kluwen, een beeldenstorm. In de donkere beslotenheid van mijn moeder zweef ik met haar, mijn zusje, mijn liefste... En op het bed in die kamer op de Potgieterstraat zweef ik nu ook in een donkere ruimte, in een wolk die eerder een droom was, in een warmte die eerder een hese fluistering was.

Als ik thuiskom, zie ik tot mijn schrik dat Galya op mijn kamer zit. Ze heeft kleren aangetrokken die ze al zeker twee jaar niet meer gedragen heeft. Ze zitten veel te krap en het staat haar ranzig, als een volwassene die zich in kinderkleren heeft uitgedost. Haar blik is leeg, alsof ze haar brein verloren heeft.

'Wat the fuck is dit, Galya?' probeer ik zo aardig mogelijk te vragen, terwijl ik van binnen kook. Wat is dit voor zwakbegaafde aandachttrekkerij?

'Ik weet dat je weg gaat lopen en boma en mij hier alleen achterlaat,' zegt Galya.

'Hoe kom je daarbij?' zeg ik poeslief als een honderdjarige Tibetaanse monnik, terwijl ik me voel als een dronken Beierse vetzak die net een kras op zijn BMW heeft ontdekt. 'Als er iemand weg gaat lopen, dan ben jij het eerder.'

Ze kijkt me meewarig aan, met een droevige, half-idiote uitdrukking in haar ogen. Haar dunne lippen zijn bleek en haar huid heeft een ziekelijke kleur. Dan pas, als bij donderslag, zie ik een kolossaal verdriet in haar houding, haar blik, haar trekken. Maar ik kan er niet op reageren, zo ver is ze nu verwijderd van me.

9

Als we de bus uit stappen, zien we het hoofdgebouw van Vogelenzang met zijn feloranje dakpannen zich wulps in de zon liggen te manifesteren. Een merel maakt luid kwinkelerend een duikvlucht uit een hoge, oude kastanje en verraadt een man met een bol gezicht die, half verscholen tussen de struiken aan de wegkant, een blikje bier zit te drinken. In het gazon bij het parkeerterrein staan paarse tulpen voluit te bloeien en we passeren een veld gele narcissen waartussen een groot aantal identieke sculpturen staan. Het lijken schildpadden, maar op een bordje wordt vermeld dat het 'leancholiae' zijn, een uitgestorven diersoort van primitieve geleedpotige weke insectachtigen met ronde, geribde vleugeltjes, die 450 miljoen jaar geleden leefden. Een kunstenaar heeft ze hier in uitvergrote vorm herschapen. Kijk, daar heb je wat aan. Martijn en ik besluiten dat we allebei onder de indruk zijn. Ik heb via de telefoon een afspraak gemaakt met een vrouw in paviljoen Eickendonck, die me verder zal helpen. Ze heet Paula Sluiter. Daar gaan we naar op zoek. En we laten de kunst in al zijn schoonheid maar even voor wat het is. Wel jammer. Want we hadden best iets meer willen weten over die gedenkwaardige periode uit de geschiedenis.

We lopen verder het terrein op. In het gazon voor een paviljoen ligt een vrouw in een beige kabeltrui een shaggie te draaien. Ze keurt ons geen blik waardig. Op haar broek zitten donkere vlekken. Twee tuinlieden cirkelen met papierprikkers om haar heen, alsof ze een bloemenperkje is. Zijn ze ook patiënten?

Paula Sluiter is begin dertig en met haar smeulende, bruine ogen neemt ze ons vriendelijk op. Door de telefoon heb ik haar al verteld waarom ik de vrouw met de naam van mijn moeder wil spreken.

'Verwacht er niet te veel van,' zegt ze. 'Er zijn hier zo veel raadsels die nooit opgelost worden. Dat er hier een vrouw met je moeders naam zit, klopt. Je moet begrijpen dat in Vogelenzang alles mogelijk is. Persoonsverwisselingen, wanen waarvan je er nooit achterkomt waar ze vandaan komen, noem maar op.'

'Je zei dat ik haar kon ontmoeten.'

'Ja, dat kan. Praten zal moeilijk worden, want ze zegt nooit iets. Toevallig is de psychiater die haar behandelt vandaag in de buurt. Hij heeft gezegd dat ik hem wel even mag roepen als je bij haar bent geweest. Hij heeft ook al haar gegevens.'

'Ik heb een fototoestel meegenomen. Mag ik foto's van haar maken?' vraag ik.

'Ja hoor. Tenzij ze daardoor van streek raakt. Maar dat verwacht ik niet.'

We lopen naar een aangrenzend gebouw en gaan naar binnen. Voor een gesloten deur aan het einde van een gang houden we stil.

'Hier woont ze,' zegt Paula. 'Met uitzicht op het bos. Ik wacht wel op de gang.'

Ik kijk Martijn vragend aan.

'Ga jij maar alleen,' zegt hij.

Als ik de deur open, komt me een bedompte rottingsgeur tegemoet, vermengd met sigarettenrook. De rottingsgeur moet afkomstig zijn van bruine, verwelkte bloemen die in een vaas op een met schelpen ingelegd bijzettafeltje staan.

Ze zit met haar rug naar me toe en kijkt door het raam naar buiten. *Met uitzicht op het bos.* Wat een instinker. Niks geen romantisch tafereeltje. 'Het bos' is erger dan tv. In 'het bos' gebeurt namelijk écht geen ruk. Een slanke hand rust op de stoelleuning en houdt een brandende sigaret vast. Naast haar op de grond staat een grote, met peuken gevulde asbak met het merk Winfield erop. Ze draagt een mottige peignoir en haar ongekamde, vettige haar hangt tot op haar schouders. Ik draai om haar heen en kijk haar aan. Een schok gaat door me heen. Haar gezicht is me zo bekend... ze lijkt op me... Zou ze toch een onbekend familielid zijn? Iemand van wie we het bestaan niet kennen? Ze heeft een grijze huid, holle ogen.

'Bent u Marjon Jaspers?' vraag ik en besef meteen hoe dom die vraag is.

Ze kijkt recht door me heen. Ik ben 'uitzicht op het bos', ik ben raam, ik ben glas. Ik kan geen expressie in haar gezicht ontdekken.

‘Mag ik een paar foto’s maken?’

Uiteraard reageert ze niet. Ik haal het toestel uit mijn rugzakje en fotografeer haar. Geen enkele reactie. Ik ga op mijn hurken bij haar zitten en pak haar hand vast. Even lijkt ze me echt te zien. Ze knippert met haar ogen, dan is ze weer de zombie van daarvoor. Overmoedig geef ik haar een kus op haar wang en ga de kamer uit.

‘Het was precies zoals je zei,’ zeg ik tegen Paula. ‘Van haar zal ik niet veel wijzer worden.’

‘Laten we naar dokter Blok gaan,’ zegt ze. ‘Misschien weet die nog iets.’

Martijn slaat zijn arm om me heen en we lopen achter Paula aan naar de kamer van de psychiater. We hebben nauwelijks aangeklopt of de deur zwaait open en voor ons verschijnt een grote, dikke man met een rood gezicht en borstelige wenkbrauwen. Hij pakt me meteen bij de arm en kijkt me indringend aan.

‘Isis, toch?’

‘Ja.’

‘Mag ik jou even alleen spreken? Ik heb vandaag pas werk gemaakt van je verhaal en ik wil je daarover liever alleen spreken.’

Ik kijk naar Martijn.

‘Geen probleem,’ zegt hij.

Als ik de kamer inga en hij de deur achter ons sluit, jakkert er ineens een bizarre gedachte door mijn neuronen: dokter Blok is Uncle Poe.

Hij neemt plaats achter zijn bureau en legt zijn handen op een dikke map.

‘Ga zitten, Isis.’

Op het bureau staat een zoutlamp, die een zacht licht uitstraalt. Blok ziet dat ik ernaar kijk en zegt: 'Die lamp haalt de positieve ionen uit de lucht. Die veroorzaken lusteloosheid en ziektes. Het zout uit de Himalaya bevat een hoge concentratie aan negatieve ionen die het evenwicht in ons leven herstellen. Vandaar dat die monniken daar allemaal verlicht zijn, hahaha.'

Die lamp kun je dan beter bij je patiënten zetten, denk ik, maar ik houd mijn mond.

Hij slaat een paar keer met zijn vlakke hand op de map en zegt: 'Dit is het dossier van Marjon Jaspers. En ik heb het vandaag nog eens helemaal doorgenomen.'

'Wie is die vrouw? Is het een familielid van me?' vraag ik.

Hij slaat het dossier open en neemt het bovenste blad papier eruit. Het is een handbeschreven stuk kladpapier.

'Dit is de enige en dan ook echt de enige tekst die Marjon ooit op papier heeft gezet sinds ze hier is. Ik had hem in jaren niet meer gezien.'

'En?' vraag ik.

'Ik weet niet of ik je dit zomaar kan laten lezen. Ik wil niet argwanend zijn, maar hoe kan ik zeker weten dat je bent wie je zegt dat je bent?'

'Ik kan me legitimeren.'

Ik pak mijn portemonnee uit mijn tas en haal alle pasjes eruit waarop mijn naam staat. Bankpas, bibliotheekpasje, schoolpas, ov-chipkaart, identiteitskaart... Blok neemt ze van me aan en bekijkt ze.

'Haha, die identiteitskaart is voldoende, hoor. Mmm... tsja. De gegevens in deze map zijn uiteraard vertrouwelijk. Dat begrijp je toch wel?'

'Natuurlijk begrijp ik dat. Maar in dit geval... het is zo belangrijk voor me.'

'Jaja,' mompelt hij verward en wrijft met een hand over zijn gezicht. 'Je moet me beloven dat het onder ons blijft dat ik je iets uit het dossier heb laten lezen.'

'Beloofd.'

'Nou vooruit, lees maar.'

Ik neem het velletje papier van hem aan en begin te lezen:

Ik ruk aan de spijlen van het hok. Geen beweging in te krijgen. Het is zo donker dat ik nauwelijks mijn eigen handen kan zien. Hoelang zit ik hier al opgesloten? Plots ritselt er iets in het zwarte gat waarin ik tuur. Ik hoor ook een ademhaling en die lijkt me eerder afkomstig van een mens dan van een dier. Het moet Isis zijn.

'Shit,' zeg ik schor. 'Wat betekent dit?'

'Het moet een schok voor je zijn, Isis. Ik ben tot de conclusie gekomen dat Marjon je moeder is.'

Mijn gedachten gaan door de geluidsbarrière.

'Dat kan niet, ze is verongelukt.'

'Ik heb vandaag alles nagetrokken. Je moeder heeft ernstig hersenletsel opgelopen bij een auto-ongeval. Daarbij heeft ze een trauma, waardoor ze eigenlijk niet meer wil bestaan. Het verdriet heeft haar tot een plant gemaakt. De enige uitweg uit het verdriet was alles uit te schakelen. Haar gevoel, haar gedachten, haar herinneringen. We weten uiteraard niet precies wat te wijten is aan haar trauma en wat aan haar hersenletsel. Waarschijnlijk is het een combinatie van beide.'

'Maar hoe...?'

'Meer weet ik ook niet. Ik denk dat er mensen zijn geweest die het beter vonden dat je niet meer met haar in contact zou komen. Je moet toen heel jong zijn geweest, want je moeder zit hier al twaalf jaar.'

'Boma...'

'Pardon?'

'Mijn oma, ze heeft alles verzwegen en weggemoffeld.'

Blok zucht diep.

'Vermoedelijk staan we pas aan het begin van de oplossing van een raadsel,' zegt hij.

Ineens wordt mijn keel dichtgeknepen en barst ik uit in een onbedaarlijke huilbui.

'Och, lief kind,' zegt Blok en hij verrijst uit zijn bureaustoel. Hij hurkt bij me neer en legt zijn hand op mijn arm. Spiegelbeeld van mij met de vrouw zonet... met mijn moeder... Hij ruikt niet fris, Blok. Zijn kleren zijn lang niet in de was geweest. Ik huil door, mechanisch, terwijl hij mijn arm streelt. Ik ruik zijn muffe kleren. Niet fris... niets ruikt hier fris in Vogelenzang... bedorven bloemen... Blok...

'We gaan het grondig uitzoeken, kind,' zegt hij.

Als ik weer op de gang sta, vertel ik Martijn wat de dokter me te melden had.

'Wil je haar niet nog even zien?' vraagt Martijn.

'Ik kan het niet,' zeg ik. 'En ik wil ook niet praten.'

10

Ik besluit niets van mijn ontdekking te vertellen aan boma en ook niet aan Galya. Gestaag werk ik verder aan de avatar van Uncle Poe, die ik modelleer naar dokter Blok. Ben benieuwd wie hij in Second Life gaat ontmoeten. Met de dokter heb ik afgesproken dat hij contact met me opneemt als er nieuwe feiten zijn. Hij probeert meer over mijn moeders verleden uit te zoeken. Het doet me plezier me in te spannen om hem in mijn herinnering voor de geest te halen, hem 'uit elkaar te halen' en de onderdelen voor Uncle Poe te gebruiken. Just for the lulz. Het gekreukelde, bruine colbert, de gele stropdas (of was hij oranje?), de suède instappers met gaatjes. Zijn ontmoetingen zijn mijn grootste breinfokker. Daar durf ik nog niet aan. Gaat hij Galya ontmoeten? Vandaag is ze zonder aan te kloppen mijn kamer binnen komen vallen. Ze is bleker dan ooit. Ze lijkt wel een vampier die al weken droog staat. En wat zou ze graag mijn bloed drinken. Mijn energie opzuigen om zelf maar te kunnen bestaan. Ze begon meteen tegen me uit te varen over mijn vriendschap met Martijn. Dat ik enkel uit egoïsme handel ('handel waarin, schat?' wilde ik vragen). Ze werpt me allerlei laaghartige seksuele toespelingen toe, waarvan het volkomen onduidelijk is waar ze die vandaan haalt. Is ze een gore viespeuk die in haar fantasie Martijn misbruikt voor haar eigen genot? Ik moet oppassen voor haar, ze is gevaarlijk. Het lijkt me verstandig Martijn te waarschuwen, omdat ik haar in staat acht hem in te palmen en een poging te wagen hem van me af te pakken. Bij nader inzien besluit ik dat toch maar niet te doen, want op de een of andere manier ben ik bang dat ik daarmee een deur openzet, die ik dan niet meer kan sluiten. Uiteraard raadpleeg ik de Mad Hatter. Hij stelt me gerust: voorlopig niets aan de hand. Toch is er iets definitief kapotgegaan tussen ons en dat kan toch niet alleen te maken hebben met Martijn.

Boma vertrouw ik door het gebeurde in Vogelenzang voor geen cent meer. Ik probeer haar zo veel mogelijk te ontlopen. Neutraal tegenover haar blijven, dat is mijn voornemen. Ook zij is, net als Galya, in staat roet in het eten te gooien en op wat voor onvoorspelbare manier dan ook mijn zoektocht te dwarsbomen. Ik heb haar liever niet als tegenstander en moet er zorg voor dragen dat ons contact een beekje is, dat kabbelend door onze neuronen meandert. Galya moet ik uit de weg gaan, bij boma moet ik het evenwicht geen millimeter verstoren. Zo staan mijn schaakstukken erbij in huize Jaspers.

Op mijn bureautje ligt een grote schelp. Bijna dagelijks luister ik eraan. Daar, ver weg, klinkt het ruisen van de zee. Een andere wereld die onbereikbaar is en verborgen in het lege huis van een dier. Dat vind ik een potente gedachte.

Ik wacht op een bericht van dokter Blok.

Het gras is droog en warm. Ik lig op mijn rug en observeer de wolken met hun grillige, steeds veranderende vormen. Zou er gemakkelijk een programma te schrijven zijn waarmee je deze eindeloze variaties simuleert? Een zwerm duiven doorklieft de lucht, ze vliegen geweldig synchroon. Alsof ze allemaal precies hetzelfde geprogrammeerd zijn (wat ze waarschijnlijk ook zijn). In de verte kindergeschreeuw. Een merel fluit met tussenpozen ingewikkelde melodieën. Ik sluit mijn ogen en probeer me het gezicht van mijn moeder voor de geest te halen. Het verandert net zo cruciaal als de wolken. We herkennen moeiteloos gezichten, maar wat is het lastig ze in je geest op te roepen. Hoe zie ik er zelf bijvoorbeeld uit? Hondsmoeilijk het precies voor me te zien. Soms verschijnt er ineens een tamelijk gelijkend plaatje achter mijn oogleden... Dan verbrokkelt het en moet ik me opnieuw inspannen. Details zijn gemakkelijker op te roepen, het hele gezicht is een breinfokker. Als ik mijn ogen open, bekijk ik van dichtbij de grassprietjes en zie dat ze allemaal verschillend zijn. Vlak bij me ligt een grote platte steen. Ik kruip ernaartoe. Juist door alle geluiden om me heen ervaar ik de stilte van de steen. Het zwijgen uit wijsheid, ouderdom, zwaarte. Ik til hem aan een rand op en gooi hem op zijn rug. In het rulle zand onder de steen wemelt het van de pissebedden.

Het is benauwd en in de samenklonterende lucht hangen wolken muggen. Ik ben op weg naar de bibliotheek, die ik vaak bezoek omdat het zo'n heilige plek is. Een bibliotheek is een plek boordevol tekens. Dat is übergaaf. Wie weet vind ik er nu een teken. Iets wat te maken heeft met het raadseltje Isis Jaspers. Tegen zo'n teken kun je zomaar ineens aanlopen.

De vrouw achter de balie schenkt me een zuur lachje. Ik heb haar ooit uitgelegd hoe het opzoeksysteem op de computer beter zou kunnen werken.

'Je moet steeds terug naar de beginopdracht voordat je verder kunt zoeken. Dit is alleen geschikt voor bejaarden met zeeën van tijd!'

'Je kunt altijd via de ideeënbus een voorstel indienen,' zei ze met een plotseling bejaard geworden gezicht.

Die ideeënbus: ik ben blij dat ik die niet hoef te legen en bestuderen. Ik vrees dat de inhoud hopeloos keutelachtig en halfgaar is. Dat de ideeënbus nog steeds niet digitaal is, zegt genoeg.

Bij de afdeling antieke mythologie neem ik de drie boeken uit de kast die er het meest beloftevol uitzien. De houten leestafels ruiken naar boenwas. Er zijn vandaag nauwelijks bezoekers. Ik zie twee studerende scholieren en drie bejaarden, die bij de tijdschriften en kranten zitten. Ik blader door de boeken totdat ik vind waar ik naar zocht: onze tegenpolen en tegelijk onze dubbelgangers. De tweelingbroers Kastor en Polydeukes, ook wel Castor en Pollux genoemd. Ik staar naar de afbeeldingen, lees alle verhalen over hen. Het verhaal van hun moeder Leda en de zwaan. Het verhaal dat ze uit een ei van Leda zijn gekropen. Toen Kastor in de strijd sneuvelde, schonk Zeus Polydeukes onsterfelijkheid. Polydeukes probeerde de oppergod te overtuigen om dat geschenk met zijn overleden broer te delen. Omdat ze altijd onafscheidelijk waren geweest, besluit Zeus ze een gunst te verlenen. Om beurten verblijven ze de ene dag als een god op de Olympus, de andere dag als een sterfelijke ziel in de Hades.

Ik leun achterover en denk plotseling: mijn moeder leeft en ik heb het nooit geweten. Wat betekent dat?

De stad flonkert als een diamant... De straten ronken en bonzen. Ik heb de bibliotheek verlaten en alle wijsheid en mythologie verdampt. Weg van ideeënbussen en eieren... Straten als potloodstrepen. De stad is één grote steenwoestijn. Ik loop doelloos, volg een imaginaire gids. Sla linksaf, rechtsaf. Ik kom langs het winkeltje van Schele Siep, maar werp niet eens een blik op haar etalage. Haar snoep kan me gestolen worden. Patisserie Macaron is als altijd volgestouwd met bleke, nerveuze dames. Op een pleintje laveer ik tussen een paar anorectische iepen door en beland in een buurt met onbekende stegen. Beton, steen, asfalt. En daartussen knokt het groen voor een plekje, worstelt zich uit scheurtjes in het wegdek, kruipt uit reten tussen stoeptegels, vecht het tegen de gassen, het gif, het vuil. Al dit opstandig groen maakt me triest. Op een hoek spelen twee getaande zigeuners accordeon en klarinet. Ook uit hun droeve muziek lijkt het groen te willen ontbotten. Dit ontbotten tegen de verdrukking in, dit leven tegen de keer, komt me ineens voor als cruciaal, beslissend voor wat er met me zal gebeuren, een belofte, een voorbode, een code.

... en daar wisselen zij dagelijks van positie, van hel en hemel, van Hades en Olympus, ze zijn niet van elkaar te onderscheiden zodat het niemand opvalt, het duister en het licht verwisselend, keer op keer, terwijl het zachte ruisen van de zee hun werelden verbindt in het lege huis van een dier, terwijl een storm aan de ramen van een strandpaviljoen rukt, een schaduwspel van twee zielen die één engel worden, zoals paard en ruiter één kunnen worden, ik zoek naar een woord voor hen, misschien een spreuk, een woord dat zich achter spiegels ophoudt, een woord zuiverder dan bloed, zuiverder dan water, een woord dat kennis van de nacht veronderstelt, een woord als een adem, en plotseling zie ik dat de wisseling van posities weerspiegeld wordt in Martijn en mij, als we nat van het zweet het beest met de twee ruggen spelen, blind als mollen en met fluwelen graafhandjes die elkaars zenuwen betasten, gestaag veranderend in vlezige spoken, gestaag het ei uitbroedend dat we tussen onze plooien verstoppen, het ei van hel en hemel, wij afschaduwingen van de grote gebeurtenissen, rampen en openbaringen mengend in een gifbeker, maar wie zal ervan drinken, wie zal zich offeren, mijn moeder leeft en ik heb het nooit geweten, een muur verduistert het uitzicht en die muur staat in Vogelenzang, hij heeft het uitzicht bemoeilijkt in plaats van vereenvoudigd, een muur die oprijst naarmate je dichterbij komt, als een mol slaap ik staande, rechtop in de grond, soldaat in mijn loopgraaf, mijn haar vol met modder en zand, ik moet het nodig wassen met een goede shampoo, *so mild you can wash your hair as often as you like*, alle vuil eruit spoelen, weer schoon en zuiver worden als een elfje, als een engel, welke grappen haalt de tijd met me uit? En in die peilloze handgeknoopte tijd staat zij op en op, het meisje met het shampoohaar, het spookje, de levende dode met haar holle ogen, de schoonmaakster van de loopgraven, daar ben je weer, een billboard als een bijbel, een schreeuwerige pagina, heb je het op mij gemunt? Moet ik het onderspit delven? Gun je me niet mijn liefdes? Galya? Er is een hoop werk te doen voor de Mad Hatter...

Galya is ontroostbaar, want er is iets rampzaligs gebeurd. Ze is overstuur en heeft zelfs ontstoken ogen omdat ze aldoor zit te janken. Boma en ik proberen haar op te beuren. Ze is in zichzelf gekeerd en laat ons niet tot haar doordringen. Georgie is spoorloos verdwenen. We begrijpen er niets van, want hij zou er nooit zomaar tussenuit peren. Galya kriskrast al haar vrije tijd door de buurt om te vragen of ze haar lieveling gezien hebben. Ze wil niet dat ik haar vergezel. Georgie lijkt van de aardbodem verdwenen, niemand heeft hem ergens gespot. Het is luguber te merken dat er een leegte in huis is ontstaan, alsof er een gezinslid overleden is. Galya moet zich voelen alsof haar hart eruit gerukt is. Georgie is inmiddels al vier etmalen weg en de hoop hem terug te vinden neemt met de dag af. Zou iemand hem ontvoerd hebben? Is hij de weg kwijtgeraakt? Gisteren hoorde ik een verhaal dat ik maar niet aan Galya zal vertellen. Een in de stad verdwaalde grote uil had de inboorlingen de stuipen op het lijf gejaagd, omdat hij het had voorzien op katten. Iemand had gezien dat hij uit een boom was gedoken en een kat had gegrepen.

Ik kijk uit het raam en zie Galya op een steen in de tuin zitten, net zo'n steen als die waaronder ik de pissebedden ontdekte. Haar blauw-witgeblokte jurkje hangt gekreukt om haar dunne lijf en haar lange haar is slecht gekamd. Haar gebogen houding is die van de kleine zeemeermin in de haven van Kopenhagen. En ze zal ook over scherpe messen lopen zoals de zeemeermin van Hans Christian Andersen. Totdat Georgie terug is. Als de schemering valt daalt er een sluier neer op haar, veranderen haar omtrekken en lijkt ze echt een vissenstaart te hebben. Ze maakt me bang als ik haar zo koud en duister zie. Ineens houd ik het niet meer uit en sta op. Ik ga het huis uit en loop naar haar toe.

'Je moet hier niet blijven zitten,' zeg ik. 'Kom nou mee naar binnen.'

'Barst toch voor mijn part,' antwoordt ze.

11

Net als de beklemmende situatie me te veel dreigt te worden en Galya steeds meer op een astraal lichaam begint lijken, gebeurt er iets opbeurends. Martijn heeft me gevraagd of ik zin heb een paar dagen mee te gaan naar een manege in Middelburg om een handje te helpen. Zijn oom runt daar de zaak.

'Berbers en paarden zijn in Tunesië onlosmakelijk met elkaar verbonden,' zegt Martijn. 'Bijna elke berber heeft een paard. En mijn oom heeft er een hele zwik.'

Op het station rennen reizigers met bekertjes koffie in de hand, stappen mannen in pakken, die nog niet wakker zijn geworden, mechanisch voort, sjokken bejaarden met korte broeken en baseballpetten of wybertjestruien, en is er het gegraai in de bakken met de gratis krantjes (er is een voetballer verongelukt). En overal de vuile duiven met hun kromme, vervormde pootjes en hun hysterische priemogen, op jacht naar de kruimel van een gevulde koek of stokje gezond. De trein ligt onderdanig op ons te wachten.

Onderweg vertelt Martijn over zijn oom Chokri. Dat hij de vrolijkste man ter wereld was totdat twee jaar geleden zijn vrouw overleed. Dat hij sindsdien de band met zijn familie aangetrokken heeft. Zijn oom en tante hebben nooit kinderen kunnen krijgen en daarom is hij zielsgelukkig als zijn neven of nichten langskomen.

'Voordat mijn tante overleed, zei mijn moeder altijd als grap dat oom Chokri meer van zijn paarden dan van zijn familie hield en je zult zien dat hij zijn paarden aanbidt. Dat is alleen maar meer geworden sinds hij alleen is.'

Vanaf de Moerdijkbrug kijken we uit over het weidse water van het Hollands Diep met zijn sullig voortglijdende zeilboten en ik verwacht ieder moment tussen de zilveren flonkeringen op het water een zeemeermin te zien opduiken. Nadat we gestopt zijn in Roosendaal en Bergen op Zoom, doorkruisen we het vlakke land van Zuid-Beveland. Het voelt ineens als verraad, dit uitstapje, als verraad aan Galya, misschien zelfs als verraad aan mezelf.

Het monotone landschap hypnotiseert me, zoals een konijn gehypnotiseerd kan worden door het starende oog van een slang. Gelukkig zwijgt Martijn en kijkt hij ook met een slaapwandelaarsblik naar de griezelig luie weilanden.

Oom Chokri haalt ons af van het station in Middelburg. In een blauwe fonkelnieuwe Audi rijden we naar de rand van de stad waar hij bij zijn manege woont. We zetten onze bagage af op de keurig opgeruimde logeerkamertjes (ook keurig gescheiden!) en krijgen als lunch thee en boterhammen in de woonkamer. In de bank liggen kussens met afbeeldingen van paarden, er staan overal lijstjes met foto's van paarden, er hangen ingelijste medailles aan de muur, op de schouw prijkt een bronzen beeldje van een renpaard en boven de bank hangt een schilderij van een schimmel. Als ik naar de ingelijste foto van een glanzend zwart paard kijk, zegt hij: 'Dat is Zafiro. Die krijg je nog wel te zien. Het beste paard dat ik ooit heb gehad.'

Oom Chokri draagt loafers met kwastjes. In zijn haar zit iets glimmends, dat ik in de auto meteen kon ruiken. Geen gel of brillantine, maar iets extremers. Iets wat zijn kapsel keurig op zijn plaats houdt en naar de aftershave van onze leraren ruikt. Een soort übergel. Aha, hij is leraar en zijn leerlingen zijn de paarden. Er is niks veranderd. Alleen hebben onze leraren gelukkig geen ingelijste kiekjes van ons op hun buffet staan. Geen bronzen beeldje van Martijn en geen schilderij van mijn persoontje in het wit. Oom Chokri lijkt wel een beetje op Martijn. Net zo'n lekker hapje.

Na de lunch gaan we met zijn drieën naar de weiden en de stallen kijken. Onze taken zullen eruit bestaan dat we de boxen uitmesten, de paarden borstelen en daarna naar de wei voeren. Ook zullen we elke dag een paard berijden. Martijn is daar al bedreven in en ik zal het nog moeten leren.

'Geen probleem,' zegt oom Chokri. 'Ik ga me er persoonlijk mee bemoeien. We maken van jou in drie dagen een volleerde ruiter! Morgenvroeg leer ik je eerst hoe je een paard moet zadelen.'

Ik ben ogenblikkelijk verrukt van de geur van de stallen; de dampende geur van stro en hooi en natuurlijk van de paarden zelf. Ik verheug me er al op om de paarden te mogen borstelen en hun scherpe zoetbittere geur van dichtbij te kunnen opsnuiven.

'En nu het hoogtepunt,' zegt oom Chokri en hij leidt ons naar de wei waar Zafiro staat. Als we naderen en het paard ons in de gaten krijgt, gooit het zijn hoofd in de nek en hinnikt. Daarna schraapt het met een hoef over de grond.

Heb ik ooit zo'n adembenemend wezen gezien? De zwarte glanzende vacht, de spieren waar af en toe een rilling over loopt, als de rimpeling op een stille vijver, de vurige, heldere ogen. Zafiro is volmaakt, hij moet haast wel virtueel zijn... De avatar van een briljante ontwerper... Oom Chokri klikt met zijn tong en Zafiro komt naar het hek toe. Hij aait hem over zijn neus.

'Raak hem maar aan,' zegt hij tegen me. 'Hij heeft je allang gespot en vindt je aardig.'

Als ik de zijkant van zijn hals aai, kijkt hij naar me.

'Pfff...' zucht Martijn. 'Ik geloof dat ik een serieuze concurrent heb.'

Mijn logeerkamertje heeft een dakraam pal boven het bed. Ik doe het rolgordijntje niet dicht, want het is donker genoeg en klap het raam half open. Als ik op mijn rug lig, zie ik mijn gezicht weerspiegeld met de sterren als oplichtende sproeten op mijn huid. Ik knip het nachtlampje uit en nu is er alleen nog de sterrenhemel. Martijn en ik zijn de enigen die hier onder het dak slapen en we zouden onopgemerkt naar elkaars kamertjes kunnen sluipen. We hebben het gek genoeg niet eens over die mogelijkheid gehad. Ik spits mijn oren om iets van Martijn op te vangen, maar het is doodstil in huis. Ondanks de directe nabijheid van Martijn is het of ik alleen in het huis ben en het leven met boma en Galya lijkt wel een verre herinnering. Ik doe moeite me het gezicht van Galya voor de geest te halen en even vrees ik dat ze uit mijn leven zal verdwijnen, als me dat niet zou lukken. Dat alle verleden, het oude herenhuis, boma, Galya, Georgie (zou er al iets bekend zijn?), de school met zijn sprinkhaan Klipspringer en de andere leraren, voorgoed zal verdwijnen als ik me de trekken van Galya's gezicht niet levendig kan herinneren. Het hele verleden zal opgeslokt worden door de immense zwarte ruimte waarnaar ik nu lig te staren. Ontgoocheling is het V-woord dat in me opkomt. Behoedzaam, zonder het minste geluid te maken, stap ik uit bed. Op de tast vind ik de deur en open hem. Ik sluip langs de kamer van Martijn en luister aan zijn deur. Geen geluid. Gelukkig geen krakende trap, zoals in huize Jaspers... Een trap met fokking vloerbedekking! In de woonkamer hangt een melkachtig schijnsel, alsof de meubels licht geven. De gordijnen zijn open. Is het volle maan? Ik tuur naar de foto's, de beelden. De paarden lachen. De voordeur is ook geruisloos en op het moment dat mijn blote voeten het kiezelpad raken, hoor ik vlakbij een vogel opvliegen. Het geluid van mijn stappen lijkt van ver te komen. Zodra ik de stallen inga, raak ik bedwelmd door de warmte van de paarden en door hun sterke, allesoverheersende geur. Deze grote dieren waartussen ik me als een kabouter begeef. Ik loop langs de boxen. Geritsel, gesnuif. In de verte slaat tweemaal een kerkklok. Mijn ogen zijn gewend aan het donker, er is ook licht, volle maan. Het duurt niet lang voor ik Zafiro vind. Hij is moeilijker te onderscheiden dan de andere paarden. Een zwarte glans die beweegt. Ik steek mijn hand uit en raak hem aan. Een korte rilling loopt over zijn vacht. Voorzichtig ontgrendel ik het hek, duw het open en stap opzij. Het überpaard weet meteen wat er aan de hand is. Hij schudt met zijn hoofd en loopt zijn box uit. Ik volg hem tot hij in de buitenlucht is. Bij de staldeur ga ik op mijn hurken zitten en kijk ik hoe hij onrustig ronddwaalt. Als een avatar door een van mijn parken.

Oom Chokri is over de rooie. 's Morgens vroeg heeft hij Zafiro in de buitenlucht aangetroffen. Het is een raadsel hoe het hek van zijn box open is geraakt. Hij stampt met zijn glimmende rijlaarzen voor ons op en neer.

'Jullie hebben toch ook niet...?'

Martijn en ik kijken elkaar aan.

'Natuurlijk niet,' zegt Martijn. 'Vermoedelijk heeft iemand het hek per ongeluk niet goed gesloten.'

Oom Chokri steekt een sigaret op. Het is me opgevallen dat hij angstaanjagend veel rookt. De hemel is egaal azuurblauw. Alleen aan de horizon een paar schapenwolkjes. In de weiden grazen enkele paarden.

'Komen jullie maar mee,' zegt oom Chokri. 'Ik zal Isis leren een paard te zadelen en daarna mogen jullie een stukje rijden.'

We openen de pistachegroene staldeuren en lopen naar een box waar een kleine lichtbruine merrie staat.

'Dit is Jokonda, ons liefste paard.'

Hij pakt een rubberen roskam en doet voor hoe je de vacht van het dier borstelt. Als hij me het zadelen leert, raken zijn handen me soms aan.

Er is één ding waar ik moeite mee heb bij Martijn. Hij

bijt nagels. Ik heb er nooit iets over gezegd, maar ik erger me er knetterend aan. Zijn handen zijn er ook lelijk door geworden. Ik bestudeer stiekem de handen van oom Chokri, zijn gave handen met mooie nagels. Zo zouden ze bij Martijn kunnen zijn. Misschien moet Martijn pleisters op al zijn nagels doen. Er zijn codes in het leven waaraan je je moet houden. Een ervan is niet op je nagels te kluiven. Het meest geschifte van het hele geval is dat ik niet weet waarom hij het doet. Hij is nou niet bepaald een zenuwlijer. Hij is eigenlijk Mr. Dead Calm zelve. Waarom doet hij het dan? Is hij ergens bang voor dat hij aan zijn eigen lichaam knaagt? Die angst kan ik niet zien. Ik zie wel een angst in oom Chokri. De angst om alleen te zijn. Maar de angst van Martijn zie ik niet. Waar is hij bang voor? Voor de tijd die door ons lichaam sijpelt en ons langzaam vernietigt? Probeert hij die tijd weg te eten? De slechte tijd, de tijd die juist aan óns knaagt. Niet de goede tijd die ons heelt en opneemt in een groter geheel. Dat is de tijd die we niet bemerken, de tijd van de dieren en de planten. Dat is de tijd van de natuur. En daartussenin moet er nog een derde tijd zijn. Een tijd die door ons gemaakt wordt, een avatar van de tijd. Over die tijd moet ik nog eens goed nadenken.

Ik leid Jokonda aan de teugel de stal uit en breng haar naar de rijbak. Oom Chokri helpt me in het zadel en blijft naast het paard lopen.

'Jokonda heeft iets geheimzinnigs,' zegt hij. 'Net als de Mona Lisa, die trouwens ook La Gioconda heet.'

'Ik vind elk dier iets geheimzinnigs hebben,' zeg ik. 'Misschien is het gewoon omdat ze niet kunnen praten.'

‘Jokonda heeft een heel zacht karakter. Alsof ze je begrijpt. Je voelt nooit verzet bij haar, of humeurigheid of koppigheid.’

‘Ik denk dat ze boeddhistisch is,’ zeg ik.

‘Mmm... een boeddhistisch dier... Mediteren doet ze waarschijnlijk wel, maar nooit in de lotushouding!’

‘Wat is het meest boeddhistische dier, volgens u?’

‘Ik denk de schildpad.’

‘Of de luiaard.’

‘Laat de schildpad het niet horen!’

Jokonda stapt rustig voort en oom Chokri legt me uit hoe ik de teugel en mijn kuiten kan gebruiken.

Het is de controle die zo gaaf is. Is daar geen V-woord voor? Surveillance? Nee. Supervisie? Nee. Houden de meisjesachtigen van mijn leeftijd van paardrijden omdat ze de controle die ze in hun leven aan het verliezen zijn, daarbij terugvinden? Een enorme, wilde kracht die je kunt bedwingen. Jokonda is een zachte kracht. Maar ook die moet je bedwingen. Ik moet van oom Chokri een beetje voorover gaan hangen en Jokonda met mijn benen aansporen, zodat we in een drafje kunnen overgaan. Nu voel ik nog beter de kracht van het dier en worden we één levend wezen. Door de cadans verdwijnen mijn gedachten naar de achtergrond, het is alsof mijn onderlichaam versmolten is met het dier beneden me. Ik ben een centaur en af en toe raakt een slanke, gave hand mijn flank. Juist op het moment dat ik in een diepe trance lijk te geraken, roept oom Chokri de centaur halt te houden en onze lichamen scheiden zich zacht en met een warme, haast onmerkbare siddering.

Er valt nauwelijks zonlicht door het dichte gebladerte. Af en toe dringt er een straal melkachtig licht door het loof en boort zich in het wandelpad.

'Jij was het, hè?' zegt Martijn.

'Ik was wat?'

'Jij hebt Zafiro losgelaten.'

Hij kijkt me onderzoekend aan.

'En als dat zo was, wat dan?'

'Dan zou ik willen weten waarom je dat hebt gedaan.'

'Moet er overal een reden voor zijn?'

'Voor zoiets wel.'

'Ik wist niet dat er hier overal bos was,' zeg ik.

'Je ontwijkt mijn vraag.'

We kruisen een ruiterpad en volgen de rode pijl van de bewegwijzering.

'Ja, ik heb hem losgelaten.'

Hij zucht.

'Ik weet niet waarom,' vervolg ik.

'Was het aandachttrekkerij?'

'Hoe kom je daarbij? Niemand wist toch dat ik het had gedaan, tot nu toe dan?'

'Ik heb wel gezien hoe je naar mijn oom keek.'

'Waar heb je het over?'

'Je vindt hem aantrekkelijk.'

'Hou toch op.'

Ik raap een steen op en gooi hem zo ver mogelijk weg. Het bospad, de tijd, de steen, ze zijn gedurende een paar seconden uit dezelfde oerstof gemaakt. En Martijn en ik zijn de vreemden, degenen die uit de toon vallen.

'Ik had er geen reden voor en ik wil er geen reden voor hebben,' zeg ik.

‘Je lult maar wat.’

‘Misschien is dat voor jou wel moeilijk te begrijpen. Jij bent altijd de redelijkheid zelve.’

Ik buk me om nog een steen op te rapen.

‘Dus het ligt aan mij?’ zegt hij geïrriteerd.

Ik denk: dus naarmate je elkaar beter leert kennen, ga je elkaar meer afstoten. Het evenwicht moet hersteld worden, de natuurlijke afstand.

Ik probeer de steen tegen de dikke stam van een beuk te gooien en mis hem.

En dan is er weer intimiteit en seks om de afstand te verkleinen. Of is seks er ook om de natuurlijke afstand te vergroten? Het zwijgen, de kinderlijke woordjes en kreten, de lichamen die het van je overnemen. Gaan jullie maar even rusten, wij nemen het wel over! Machines.

‘Als je gedrag van jezelf niet begrijpt, dan is dat dus de schuld van anderen die de redelijkheid zelve zijn?’ vraagt hij.

‘Ik wil het er nu niet meer over hebben,’ zeg ik.

Hij raapt een steen op en slingert hem op zijn hardst weg.

Voor het eten rookt oom Chokri een sigaartje.

‘Willen jullie misschien een Tunesisch vijgenlikeurtje?’ vraagt hij.

Martijn heeft het ooit thuis gedronken. Ik ken het niet, maar besluit het erop te wagen.

Er komt een fles boukha op tafel. Het drankje smaakt zoet en niet al te sterk.

Op het dressoir ontdek ik een lijstje met de foto van een vrouw met opgestoken zwart haar en grote, sprekende ogen. Haar gezicht is volmaakt symmetrisch. Ze lijkt nauwelijks make-up te dragen, ze heeft het ook niet nodig. Oom Chokri komt naast me staan.

'Dat is Ines, mijn vrouw.'

Ik knik en we blijven naar de foto kijken.

'Ze is hier nog steeds. Ik voel elke dag haar aanwezigheid. Ach, dat ken jij natuurlijk ook.'

'Hoe bedoelt u?'

'Met je ouders...'

'O, ik weet niet...'

'Martijn vertelde me erover.'

'Nee, nee,' zeg ik. 'Dat is te lang geleden.'

'Sorry, ik dacht dat je ze misschien geregeld weer opriep, zoals ik met Ines.'

En ineens zie ik mijn moeder haarscherp voor me, hoe ze zwijgend in haar stoel zit en me aanstaart. Geen opgeroepen beeld uit een ver verleden. Een tastbare werkelijkheid. Ik werp een korte blik op Martijn, die in een tijdschrift bladert. Heeft hij niets verteld? Ik zou oom Chokri over mijn moeder willen vertellen, maar het lijkt me ongepast.

'Virtueel bestaan ze nog voor me,' zeg ik.

'Wat bedoel je daarmee?'

'In een andere dimensie. Soms is die dimensie echter.'

'Ik begrijp wat je bedoelt. De herinnering, het oproepen, het lijkt vaak intenser dan toen ze er nog in levenden lijve waren. Toen vonden we het heel vanzelfsprekend.'

'Ja, eigenlijk is dat ook grappig naast dat het triest is.'

'Je hebt gelijk. Haha! Kom, ik ga de schaal uit de oven halen, dan kunnen we aan tafel.'

De boukha heeft me licht in het hoofd gemaakt en ik besluit na de maaltijd naar bed te gaan om te lezen. Martijn blijft nog wat drinken met zijn oom.

Ik lees een verhaal van Borges dat 'Abenjacán el Bojarí, gestorven in zijn labyrint' heet en dat – alsof het toeval ermee speelt – gaat over 'een statig, bouwvallig, op een verlopen manege lijkend gebouw' in een uithoek van Cornwall. In dit gebouw, dat een labyrint is, werd Abenjacán onder duistere omstandigheden vermoord door zijn neef Zaid. Twee jonge vrienden, Dunraven en Unwin, betreden het vervallen labyrint, dat uit mijlen en mijlen lange gangen bestaat. Dunraven vertelt. Abenjacán was een koning in het gebied van de Nijl, die zijn volk uitbuitte en uiteindelijk verdreven werd. Samen met zijn neef Zaid neemt hij een grote, gestolen schat mee. Onderweg vermoordt hij Zaid in zijn slaap en verbrijzelt zijn gezicht, maar in een droom hoort hij Zaid zeggen: 'Zoals je me nu uitwist zal ik jou uitwissen, waar je ook bent.' Om dit lot te ontlopen vlucht Abenjacán over zee en bouwt in Cornwall het labyrint om zich in het middelpunt ervan te verstoppen, zodat de schim van Zaid zal verdwalen en hem nooit zal vinden. Drie jaar later legt er een mysterieus schip aan in de haven en Abenjacán meldt zich gek van angst bij parochiepriester Allaby van het stadje om bescherming te krijgen. Even snel verdwijnt hij weer. Allaby bezoekt de volgende dag het labyrint en vindt in het midden Abenjacán met een vermorzeld gezicht. Naast hem een lege schatkist. Dan bespreken de twee vrienden de ongeloofwaardigheid van het verhaal. Was het soms Zaid die de schat stal en vluchtte? Bouwde hij van die schat het labyrint, de valkuil, om Abenjacán te lokken en te doden?

De boukha heeft zijn effect niet gemist. De lijnen van het verhaal beginnen door elkaar te lopen, de grenzen tussen de personen te vervagen. Borges zou het misschien wel toejuichen. Ik zit nu zelf in een boukha-labyrint. Dronkenschap is ook een labyrint waarin we onze vijanden kunnen lokken en vernietigen. Waarin we van identiteit kunnen veranderen en onze gezichten uitwissen. Zou je een soortgelijk verhaal kunnen schrijven met een dronkenschap in plaats van een stenen labyrint? Als ik het boek wegleg, zie ik een groot spinnenweb in een hoek van het plafond. Ik knip het bedlampje uit.

Zafiro is mijn schedel binnengestormd en blijft daar maar rondgalopperen. Wat betekent toch dat paard, dat zwarte geweld? Wat is het voor oom Chokri? Heeft het de plaats van zijn vrouw ingenomen? Ook voor mij is Zafiro een Iets dat zijn plaats opeist. Het heeft met Martijn te maken. Ik kan het niet uitvinden. *Dat zwarte geweld.* Zafiro is een verdwijnpunt. Een maalstroom waar mijn verleden in wegkolkt. Zoiets moet het zijn. Een beeld dat alle andere beelden verzwelgt. Een wormgat in deep space. Engelachtig vals lokt het wormgat me, met een hese, bruine paardenstem, een luguber gasmasker op zijn edel gezicht, het is het verdwijnen, het is het verdwijnen dat is begonnen, eerst de zoete woordjes, dan het steigeren, het bokken, de geflipte bezwering met zijn tentakels van ingevet leer.

Ik word wakker van een geluid in mijn kamer. Uit de mistgrijze schemer duikt een persoon op. Hij komt dichterbij en blijft voor het bed staan. In mijn halfslaap en boukha-labyrint zijn alle contouren wazig. De persoon is een astraal lichaam. Hij tilt het dekbed op en gaat naast me liggen.

'Heb je gerookt?' vraag ik.

'Eén sigaartje...'

'En de fles boukha is zeker op?'

'Neuh, nog niet.'

Hij kust me, streelt mijn borsten en duikt daarna met zijn hoofd onder het dekbed. Zijn lippen grazen mijn buik af. Ik woel door zijn haren. Mijn gedachten blijven nevelig. Is hij nu ook in een labyrint beland? Zoeken we naar het middelpunt of naar de uitgang? Verliezen we hier onze gezichten? Ik spreid mijn dijen en zijn tong zoekt naar het netelige binnenste, naar het warme, kwalijke centrum. Ik hoor een kerkklok slaan. Ik denk: het is het uur van de gestolen schat, het is het uur van de uitwissing. De woorden transformeren. De V-woorden ook. 'Controle' wordt 'ongeoorloofd', 'interventie'. Dan worden de woorden gewist, de gezichten, de grenzen.

De volgende ochtend regent het hard en het water en de zuurstof in de lucht versterken het boeket van hooi, stro, paardenzweet en -mest dat over de farm ligt uitgespreid. Het geplastificeerde lijstje met de namen van de paarden dat aan de binnenkant van de staldeuren hangt, roept een sprookjesachtige wereld op: Hanouk, Happiness, Maika, Madelino, Zafiro, Zarinda, Zamorra, Babonzo, Bazooki, Kamaroen, Kai, Karmijn, Karat, Jasmira, Jokonda... Op Zafiro na allemaal redelijk gewone paarden met de namen van kampioenen. Oom Chokri moet een sterke voorkeur voor bepaalde voorletters hebben. Vandaag gaan Martijn en ik terug naar huis. Hij zegt vandaag niet veel en ziet er moe uit. Als we onze spullen gepakt hebben, rijdt oom Chokri ons naar het station.

'Ik geloof dat de paarden me in een ander individu hebben veranderd,' zeg ik tegen hem.

'En jullie hebben mij en de paarden veranderd,' zegt hij lachend.

Als hij in de stromende regen gebogen terugloopt naar zijn auto, heb ik de neiging naar hem toe te hollen en hem te zeggen dat ik bij hem en de paarden wil wonen.

12

Het is of ik een millennium ben weggeweest en alles veranderd is. Galya en boma zijn in schimmen veranderd, bleke luchtgeesten die door het huis schuifelen en nooit iets zeggen. Ze bestoken me met een vijandige en ravijndiepe zwijgzaamheid. Huize Jaspers is tijdens mijn retraite definitief in een spookhuis veranderd en het lijkt de bedoeling dat ik een keuze maak: ofwel ik verander mee in een hologig fantoom ofwel ik word geacht het huis te verlaten. Vooralsnog ben ik niet van plan een keuze te maken en op eieren lopend manoeuvreer ik te midden van hun ondoorgrondelijke gedrag. Ik vrees dat ik moet uitkijken dat ze me niet in mijn slaap besluipen en uit mijn hals drinken om hun laatste kwijnende levenssappen aan te sterken met mijn bloed.

Van Georgie is geen teken meer vernomen. Het verdriet om zijn verdwijning lijkt enigszins weggeëbd, misschien synchroon aan de wegsijpelende levenssappen. De hier ten huize geëigende V-woorden: apathie en asthenie.

Boma's hobby om miniatuurmeubeltjes te maken is omgeslagen in pure gekte. Ze heeft een aantal minidoodskistjes gemaakt.

'Het zal immers niet lang meer duren, hè?' giechelt ze als een klein kind. 'Het zal toch eens gebeuren, hè?'

Haar stem is als van scheurend papier.

'Je hebt toch maar één kist nodig, boma?' probeer ik nog.

'Het zal niet lang meer duren, hè meisje? Hahaha. Nee, het eeuwige leven is niemand beschoren!'

Als ik niet overtuigd was van haar toenemende kindsheid, zou ik het als luguber ervaren. Nu kan ik het uitsluitend zwakzinnig vinden.

Ik zet mijn computer aan en zie dat er geen bericht van ons verre familielid is.

Ik ruik de verholen geur van de angst, het scherpe, zure luchtje dat het trage verloop van de tijd afscheidt en dat van een uitheemse plant afkomstig lijkt. Het is niet de geur van muffe kleren die dokter Blok omzwermt. Blok heeft ons alleen gelaten. Het komt van haar af. Waarom ziet ze er anders uit dan bij onze eerste ontmoeting? Het lijkt wel of ze een andere vrouw in een stoel voor me neergeplant hebben. Ik heb haar hand vastgepakt en ze kijkt me aan alsof ik *The Beast from 20.000 Fathoms* ben die op het punt staat haar te verslinden. Ze zal niet spreken, maar ik hoop dat haar ogen zullen spreken. Daarvoor moet ze eerst gerustgesteld worden en me vertrouwen. Ik zal taal kunnen gebruiken en zij kan alleen antwoorden met haar lichaam.

Antwoorden met je lichaam. Daar heb ik de laatste dagen veel over nagedacht. Over dat lichaam. En over seks. Volgens sommige meisjesachtigen op school verander je door seks in een vrouw. Dat geloof ik niet. Wel verandert het iets. Vanaf dat je seks hebt, worden je lichaam en geest voorgoed gescheiden. Je lichaam gaat overal in zitten en je geest kijkt ernaar. In de oude sofa in de woonkamer, in de hoge hoed van de Mad Hatter, in de kastanjebomen van het stadspark, in de bronzen monseigneur, in de wind, in de wolken... Ook dus in je moeder... In het lichaam van je moeder...

Ik duw de rolstoel naar buiten. De paden van het stuk bos dat aan de straatkant van Vogelenzang ligt, zijn keurig netjes en gezellig onderhouden. Daar kan geen gek wat op aan te merken hebben. Dezelfde twee tuinlieden als de vorige keer slenteren rond met hun vuilniszak en papierprikkers. Midden in het bos stuiten we op een klein kerkhofje. Er staat een verroest hek omheen met een piepend poortje. Mijn moeder lijkt op te leven als we over het smalle grindpad langs de graven rijden. Waarschijnlijk veel ex-patiënten, een enkele psychiater. Er komt een oudere vrouw aanlopen. Haar haar zit verward en ze draagt een peignoir. Buiten het hofje, pal tegen het hek aan, hurkt ze neer en trekt haar kleren omhoog. Eerst begrijp ik het niet, dan dringt het tot me door dat ze gaat zitten poepen. De tuinlieden nemen haar gelaten op. Mijn moeder negeert de vrouw volledig en kijkt naar de graven. Ze lijkt de opschriften te lezen. De vrouw staat op en loopt weg. In het gras ligt een dampende drol. De tuinlieden kijken er uitdrukkingsloos naar, draaien zich om en verdwijnen in het bos.

Als we terug naar de gebouwen gaan, komen we een man tegen die hardop in zichzelf loopt te praten. Hij draagt sandalen met witte sokken, een joggingbroek en flanellen houthakkershemd. Zijn rode, uitgemergelde hoofd met zijn indianengezicht dobbert op een kraag van lillend vlees, dat bij elk uitgesproken woord begint te vibreren alsof het een eigen leven lijdt.

Ik heb het gevoel dat ze me meer is gaan vertrouwen, maar waarschijnlijk is ze alleen maar meer aan me gewend geraakt, als aan de zoveelste verpleegster. Op haar kamer ga ik op een stoel voor haar zitten en kijk haar aan.

'Mama?'

Geen verandering in haar blik, in haar lichaam. Met een schok besef ik dat het de eerste keer is dat ik bewust dit woord uitspreek. Het lijkt wel een V-woord, zo wezensvreemd klinkt het uit mijn mond.

'Ewald Perrenoud, zegt u dat iets?'

Ze kijkt me aan, intenser dan voorheen, en plotseling opent ze haar mond en zegt: 'Galya!' Ik schrik zo erg dat er tranen in mijn ogen springen.

'Wat zeg je, mama?'

Ze draait haar hoofd weg en vervalt weer in haar gebruikelijke apathie.

Dokter Blok heeft geen nieuwe feiten. Als ik hem vertel over mama's 'Galya' reageert hij verbijsterd.

'Ze heeft in al die jaren nooit een woord gesproken! Ze moet toch iets in je herkend hebben. Misschien moet je haar vaker bezoeken en zal ze uiteindelijk een heel klein beetje uit haar totale isolement komen,' zucht hij.

Op de terugweg naar huis, in de bus, hoor ik steeds opnieuw het 'Galya'. Het klinkt als een bezwering, een angstaanjagende kreet, maar ook als een belofte. Galya's naam is een brandpunt, dat – doordat mijn moeder het woord heeft uitgesproken – een wereld in zich sluit en tevens een wereld oproept. Nee, het is eenvoudiger. De bezwering omarmt je en sluit je tegelijk buiten.

'Je liegt en bedriegt,' schreeuwt Lianne tegen me.

'Waarover dan?'

'Over alles.'

Ze wordt geflankeerd door twee vriendinnen, die me met opengesperde ogen aanstaren alsof ze me het liefst stante pede willen villen. Lianne duwt me tegen de muur aan. Ze heeft iets extreem zweterigs over zich.

'Raak me niet aan,' zeg ik, maar ze blijft met haar zompige kadavervlees tegen me aan hangen en geeft korte stompen tegen mijn lichaam.

De anderen versperren de weg naar het schoolplein en onttrekken me aan het zicht van de inboorlingen, die zich over de binnenplaats hebben verspreid. Omdat ik niet weet waar ik dit aan te danken heb, voel ik me extra bedreigd. De stompen doen behoorlijk zeer en ik probeer ze met mijn armen zo goed mogelijk af te weren. Er trekt een koude windvlaag langs me heen en het geritsel van de bladeren aan de iepen op het plein klinkt als het ruisen van de branding. De geluiden zijn kil en vervormd, net als de stem van Lianne.

'Martijn vertelde dat je helemaal geen wees bent. Dat je moeder nog leeft,' snauwt ze me toe.

'Dat gaat je niks aan,' zeg ik.

Het licht is ook veranderd. Blauwer, het is een blauw licht dat de schaduwen oplost. Ik weet niet of de anderen het zien.

'Wil je het soms ontkennen? Liegt je vriendje soms?'

Haar vuist raakt me hard op het middenrif. Ik kreun.

'Tegen jou misschien, tegen mij niet.'

Waarom lult Martijn over mij tegen deze bitches?

'Altijd zielig doen, terwijl je gewoon liegt dat je scheelziet!' zegt Lianne.

'Ik heb nooit zielig gedaan en ik heb nooit gelogen. Jullie zijn hier degenen die liegen. Automatisch, omdat het aan jullie genen zit vastgekoekt.'

Ze geeft me een slag vol in mijn bakkes, waardoor de tranen in mijn ogen schieten.

'Kom, wegwezen,' zegt Lianne en de drie draaien zich om en marcheren de binnenplaats op.

Er druppelt bloed uit mijn neus en ik frommel een papieren zakdoek uit mijn broekzak. Ik druk hem stevig onder mijn neus en loop langzaam de meute in. Door alle blikken die op me gericht zijn, heb ik het gevoel door stroop te waden. Martijn staat bij een groepje jongens. Als hij me ziet, zwaait hij naar me. Ik negeer hem en ga het hoofdgebouw in. Als ik de drempel overstap, is daar weer het blauwe licht. Alsof er ergens een kolossaal computerscherm achter de muren staat te stralen. Het gebouw sluit zich om me heen. Ik zou nu Galya willen tegenkomen. Maar Galya is natuurlijk weer nergens te bekennen, omdat ze me ontloopt. Ik zoek de toiletten op en hoor voetstappen achter me.

'Isis!'

Martijn komt aandraven met een beteuterde tronie.

'Laat me alsjeblieft even alleen,' zeg ik en smijt de deur van de toiletten voor zijn ongeschonden neus dicht.

Martijn sms't me dat hij niet begrijpt wat er aan de hand is. Hij wil afspreken in koffiecafé Madeleine. Op weg ernaartoe nemen mijn twijfels over onze relatie toe. Hoe kan hij intieme informatie over mijn moeder zomaar rondbazuinen? En dat nog wel tegenover een stelletje domme dozen? Blijkbaar heb ik iets goed fout gedaan.

Hij is er nog niet en ik ga met een cappuccino aan een leeg tafeltje bij het raam zitten. Achter de bar is een muur van zwart-witte tegeltjes. De witte zijn van Martijn, de zwarte van mij. Het geluid van de koffiemachine sist me toe dat ik me koest moet houden. En het gerinkel van de bordjes en kopjes klinken als de ketenen waarin ik geslagen moet worden. Martijn is de onschuld die ik heb vermoord.

Hij komt sloffend het café binnen, de blik op zijn schoenen gericht. Het eeuwige Peruaanse hoofddeksel, het begint me te vervelen. Geen fokking overtuigende entree, moet ik zeggen. Een indiaan die het niet meer ziet zitten omdat zijn lama ziek is. Misschien zijn de witte tegeltjes toch van mij.

Hij trekt de stoel tegenover me naar zich toe en ploft neer.

'Ook goeiendag,' zeg ik.

Hij zegt niets. Kijkt me alleen aan.

Er valt een schuine lichtstraal op zijn gezicht waardoor hij zijn ogen dichtknijpt en zijn jukbeenderen naar voren springen. Hij lijkt echt op een indiaan.

'Dat was niet cool,' zegt hij.

'Wat niet?'

'Dat je me ontliep.'

'Het was ook niet cool dat ik geslagen werd.'

'Ik wilde je helpen.'

'Ik wilde alleen zijn.'

'Je wilt nooit geholpen worden.'

Hij staat op en loopt naar de bar om iets te bestellen.

Ik kijk naar zijn rug, zijn achterhoofd en denk: eigenlijk is hij altijd achterkant. En haat mezelf.

Als hij weer is gaan zitten, zegt hij: 'Ik heb je toch geholpen met de zoektocht naar je familie?'

'Ja. En je hebt daar fijn over geroddeld met die dozen op school.'

'Ach nee. Iemand vroeg waarnaar ik met jou op stap was geweest en toen heb ik het verteld. Meer niet.'

'Laat maar.'

'Weet je wat ik me steeds afvraag, Isis?'

'Nou?'

Hij laat een stilte vallen. Iets te lang. Een pauze was best aardig bedacht, nu mist het juist zijn effect. Timing, Martijn. Je timing is shit.

'Nou?'

Opnieuw wacht hij met antwoorden. Er komen twee jongens het café binnen. Ik maak mijn blik los van hem en neem ze op. Vanuit mijn ooghoek zie ik dat hij aan zijn neus wrijft. Hij raakt geïrriteerd. Ik blijf de jongens bekijken.

'Waarom hou je Galya en boma voor me weg?' vraagt hij.

'Is dat zo belangrijk voor je?'

'Schaam je je voor Galya? Lijkt ze soms te veel op je?'

'Haha, leuk.'

'Wat is daar leuk aan?'

De jongens zijn aan de bar gaan zitten. Twee of drie jaar ouder dan Martijn. Geen nepperige indianen-lookalikes.

Twee jaar meer kennis en wijsheid, wat gezien onze jeugdigheid in verhouding op een mensenleven zoiets is als tien jaar. Ze zijn gewoon tien jaar ouder en wijzer.

'Krijg ik nog antwoord?'

'Ik vind het erg dat je niet eens wilt begrijpen waarom het zo zou kunnen zijn dat ik liever niet wil dat je ze ontmoet. Sorry voor de lange zin.'

'Denk je ook weleens na over hoe ik dat vind?'

'Ja, lieverd.'

'O, wat neerbuigend weer. Ik begrijp jou gewoon niet meer.'

'Niet meer?' vraag ik.

'Oké, dan gewoon, plain and simple: niet. Ik begrijp jou níét. Hoe je het wilt. Wat je maar wilt. *Lieverd*.'

'Pffff... Vermoeiend, zeg.'

'Eerlijk zijn, is dat zo vermoeiend voor je?'

De twee jongens aan de bar hebben vellen papier op de toog gelegd en schrijven of tekenen om beurten daarop. Er komt met veel lawaai een helikopter overvliegen.

'Ik hoef niet eerlijk proberen te zijn. Ik ben altijd eerlijk,' zeg ik.

Eindelijk doet hij zijn Peru-petje af en wrijft hij door zijn haar om het te fatsoeneren.

'Jij hebt altijd gelijk, hè?'

'Onzin,' zeg ik. 'Dat maak jij ervan.'

'Je naam zegt het al: het ís nu eenmaal zo en dan nog eens twee keer achter elkaar!'

'Vet cool, zeg.'

'Ik weet het. Alles is belachelijk.'

'O ja?'

'Volgens jou toch?'

'Dat zeg jij nu.'

'Ben je bang van me?' vraagt hij.

'Doe niet zo idioot,' zeg ik.

'Ik denk het weleens. Alsof ik een gevaar ben. Alsof ik jouw eigen afgesloten wereldje nooit mag binnendringen.'

'Misschien moeten we elkaar een tijdje wat minder zien.'

'Als jij dat nodig vindt, dan moet dat maar.'

De twee jongens zijn opgestaan en verlaten het café. Ik wil een smoes verzinnen om dit ook zo snel mogelijk te doen.

13

Uncle Poe stuurt me onverwacht een onthutsend bericht. Hij weet nog dat hij ooit als kind met zijn moeder het graf van mijn ouders heeft bezocht, al is de herinnering eraan vaag. Het verbijsterende ervan is dat ik altijd heb gedacht dat mijn ouders gecremeerd waren. Het zou gaan om de begraafplaats Vredenhof in een plaats die niet ver hiervandaan ligt. Tegelijk met de ontdekking van dit nieuwe feit bekruipt me de twijfel. Word ik in de maling genomen? Maar tot nog toe heeft Uncle Poe me niet bedonderd.

Aan het ontbijt valt het me op dat boma vrijwel niets eet. Nu is het bekend dat ouderen steeds minder gaan bunkeren, maar het feit dat boma het avondeten tegenwoordig in haar eentje naar binnen wenst te schuiven, betekent dat ze iets te verbergen heeft. En dat iets is waarschijnlijk dat ze nauwelijks nog eet en zo op een langzame hongerdood aanstuurt. Van solo-eter naar non-eter in drie stappen. Ze is het leven uit zichzelf aan het wegjagen en de fletse kadaverkleur van haar gezicht is een vooraankondiging van de toestand die ze zichzelf toewenst. Alle levenssappen moeten uit haar weggevloeid zijn. Hoe ziet haar inwendige eruit? Stro? 'Het inwendige': een V-woord. Net als versterven.

'Zal ik een spiegelei voor u bakken? Dat vindt u toch zo lekker?' vraag ik.

'Nee, liefje. Ik heb geen trek.'

'Maar u hebt de laatste tijd nooit meer trek, boma.'

Het eetkamerraam staat open en een lauwe bries waait in vlagen naar binnen. Een woestijnwind die boma als mummie zal conserveren. Boma is versleten en aan haar grote verdwijntruc begonnen. Ze pulkt aan een rafel van haar gebreide vest. Ik kijk langs haar heen naar het schilderij met de boom en de rode zon. Al duizend keer gezien, maar voor het eerst vraag ik me af waarom het daar hangt. Heeft boma het gekocht? Gekregen? Vindt ze het gaaf? Vroeger vond ik het geloof ik gaaf, nu vind ik het kitsch.

'Hoe komt u eigenlijk aan dat schilderij, boma?'

'Dat heeft opa ooit gekocht op een kunstbeurs. Vlak na ons huwelijk.'

'Vindt u het mooi?'

'Ja, natuurlijk vind ik het mooi.'

'Ik vind het lelijk. Het is kitsch.'

'Dat mag je vinden, liefje. We houden gelukkig niet allemaal van hetzelfde. Dat zou saai zijn, hè?'

Dat is dodelijk. Daarmee geeft ze alles definitief op. De totale capitulatie.

'Waarom vindt u het mooi?'

'Dat weet ik niet. Ik vind het gewoon mooi.'

'Wilt u niet dat ík het ook mooi vind?'

Ze zwijgt verveeld, pulkt aan haar rafel en doet of ze die bestudeert. Dat vel van boma. Dat is niks meer. Geel perkament, vijfduizend jaar oud. Vel dat je uitsluitend kunt gebruiken om iets mega-ouds in spijkerschrift op te schrijven. En ik heb alleen nog maar kippenvel.

Ik loop van de tafel weg en laat me vallen in het ontbindende lijk van de sofa.

De Soul Catcher 2025. Dat implantaat had ik moeten hebben. Je hele verleden geregistreerd door een microchip achter je oog. Een zwarte doos in elke mens. Hoe graag zou ik die chip aansluiten op mijn computer en naar de film van mijn verleden kijken. Een chip die alle geheimen onthult. Die alle verdringingen en geheugenverlies tenietdoet. *Ik moet mezelf aan de vergetelheid ontrukken*. Haha!

Vrijwel alle ervaringen uit het verleden, ook al heeft een trauma ze onzichtbaar voor het geheugen gemaakt, kunnen via hypnose herbeleefd worden. Dat heb ik op een site over trauma's gelezen. Ik heb dokter Blok gebeld en die zei dat hij iets voor mij zou proberen te regelen. Een paar dagen later kwam hij met de naam van een collega die gespecialiseerd is in hypnose. Mevrouw Drexler. Hij heeft geregeld dat ik vanmiddag al bij haar terecht kan.

'Maar,' zei hij, 'weet wel dat het een gunst is die we je verlenen.'

Hij heeft waarschijnlijk geen hoge verwachtingen van de sessie, maar ik ben al in geen tijden meer zo hersenknarsend zenuwachtig geweest. Vanuit mijn bed kijk ik naar de poster van *The Matrix*. Keanu. De blik die zijn eenzaamheid onthult. ‘Keanu’ betekent ‘koele wind over de bergen’. Na de scheiding van zijn ouders heeft hij zijn vader nooit meer ontmoet. In zijn ogen is altijd de koele wind, die triest over de bergen dwaalt. Die wind verbindt ons. Niemand kent die zo goed als wij. Martijn heeft een heel andere blik in zijn ogen. Hij heeft niet de triestheid van Keanu. Voel ik nog wel iets voor hem? Misschien is Martijn gewoon te tam voor me, te gemakkelijk. Niet lastig en tegendraads genoeg. Ik denk dat ik meer een dompteur wil zijn en een dompteur met een mak katje, dat gaat niet samen.

Het is een uur reizen naar Drexlers praktijk. Als de bus die kant op kachelt, stijgt het maagzuur tot in mijn cortex. Ik hoop dat ik in dat uur niet ga hyperventileren, want ik zit nu al te hyperstuiteren. Het opgegeven adres blijkt een doodgeboren kantoorpand te zijn met veel glas en roze natuursteen. Het duurt even voordat ik bij de voordeur tussen alle namen die van Drexler heb gevonden. De deur zoemt open en een receptioniste verwelkomt me met een ingebrande glimlach op haar poppengezicht. De hal is een geluidloos universum. Alleen de stem van de juffrouw klinkt zacht en als gefilterd van elke overbodige franje. Het geluid van mijn voetstappen wordt gesmoord in hoogpolig tapijt. Op de eerste verdieping ontvangt Drexler me. Ze heeft haar grijze haar opgestoken en is in het zwart gekleed, wat me voor haar inneemt. Haar kwartsblauwe ogen nemen me vriendelijk op en mijn zenuwen verdwijnen wonderlijk genoeg volledig.

‘Collega Blok heeft me je verhaal uit de doeken gedaan, dus daar hoeven we geen tijd aan te besteden,’ zegt ze.

‘Dus ik kan meteen op de pijnbank?’

‘Ja, zo zou je het kunnen noemen, al spreek ik zelf liever over de dromenbank.’

‘Inquisitie, maar dan met zachte middelen?’

‘Wat ik doe is bedoeld om je te helpen, niet om je pijn te doen, Isis.’

Dat ‘Isis’ had nu weer niet gehoeven. Jammer.

Ik ga languit op een bank liggen en moet mijn ogen sluiten.

Drexler gaat naast me zitten en spreekt met zachte stem.

‘Je zou de tijd kunnen zien als een mens, als een vriend die je de hand reikt. Niet als een of andere natuurkundige of abstracte grootheid, begrijp je?’

‘Zoals dat vaak met de Dood gebeurt?’

‘Ja, eigenlijk wel. En de Tijd, zeg maar met een hoofdletter, die heeft jouw hele leven meegemaakt. Ik wil dat je vanaf nu probeert je in te leven dat je in gesprek bent met die persoon die de Tijd is. En mijn stem is die van de Tijd.’

De stem van Drexler werkt als een bètablokker en ik heb het gevoel dat ik zweef. In gesprek met de Tijd, enigszins gestoord is het wel, maar ik zie het wel voor me. Oudehoeren met de Tijd.

‘Mag ik uw hand vasthouden?’ vraag ik.

Haar huid voelt zacht en warm aan.

‘Ga terug naar je oudste herinnering.’

‘Ik weet het niet.’

‘Heb je herinneringen van vóór het ongeluk?’

‘Vage beelden van mijn ouders...’

‘Herinner je je de autotocht?’

‘Ja, dat we in de auto zaten... Galya en ik op de achterbank.’

‘Probeer je details te herinneren. Het landschap, de geur in de auto, kleuren, de bekleding, de achterhoofden van je ouders, de weg waarover jullie reden.’

‘Ik zie niet veel meer. Ja, de jurk van mijn moeder.’

‘Hoe zag die eruit?’

‘Blauw. Dat is het enige wat ik me herinner. En dat ze blote schouders had. De twee blauwe bandjes over haar schouders. En haar huid.’

‘Hoe ziet die huid eruit?’

‘Gaaf.’

‘Hoe gaaf?’

‘Blank. Met sproetjes... Ach nee, dat weet ik niet meer.’

‘Zie je het asfalt door de voorruit?’

‘Ja.’

‘Wat zie je?’

‘Het rolt, het beweegt, het is prachtig.’

‘Zie je de witte strepen?’

Ik voel haar hand die mijn hand kneedt. Ineens twijfel ik weer. Waar is de slinger voor mijn neus, waar zijn de bezwerende formules?

‘Isis?’

‘Ja, ik zie wel iets. Maar misschien is het mijn verbeelding.’

‘Dat geeft niet. Laat dat los. Vertel wat je ziet.’

En ineens zie ik het. Nooit zal ik het vertellen aan een vreemde. Nooit. Maar nu zie ik het. Mijn geheugen was gestopt lang voordat de auto crashte. Ook nu weet ik niks van de crash. Maar er is wel een nieuw beeld van vlak daarna. Ik zal Drexler vertellen dat ik me niks meer herinner, maar in een split second was er dat ene beeld. Een beeld dat ik vergeten was en dat wel ergens in mijn brein verborgen zat. Een beeld dat mijn eigen Soul Catcher vergeten was. Dat iedereen vergeten was. Ook Galya, ook boma, ook Uncle Poe, ook de inboorlingen in de alwetende wereld. Dit beeld is alleen van mij.

Het is mijn moeder met een bebloed gezicht, een volledig emotieloos gezicht. Ze buigt zich voorover naar me. Haar handen pakken me onder mijn oksels vast. Ze tilt me op en trekt me uit het autowrak.

14

In de plooien van de tijd wervelen de sterfelijke lichamen rond. Als er een deel van het lichaam wordt afgerukt, nee, dan wordt de ziel niet kleiner. Pas als het geheel uiteenvalt, maakt de ziel zich los en vliegt weg.

De atavars muteren. Ze proberen zich te onttrekken aan de sterfelijkheid. Ze zijn onze tegenstemmen, onze zachte breekbare schaduwen, ze zuchten. In het holst van ons lichaam ontmoeten wij hun angsten.

Wat is dit? Mijn hart krimpt ineen, want Galya verschijnt, gekleed als een Beierse dirndl met ingesnoerde taille en opgevulde boezem. Ze heeft een groen vilten Tiroler hoedje op waar twee gele paardenstaarten onderuit komen en onder haar korte jurkje draagt ze een witte petticoat. Het bloed vliegt naar mijn wangen. Maar nu zie ik het. Ze is het niet. Ze is een lookalike.

Het meisje zet haar handen in haar zij en draait koket met haar heupen.

Een vrouw zingt:

Woh-woh-woh...
Schöner, fremder Mann, du bist lieb zu mir.
Schöner, fremder Mann, wenn ich träum' von dir.
Doch am Tag gehst du mit einer ander'n Frau vorbei.
Woh-woh-woh...

In het park stroomt de beek. De monseigneur beweegt als een kleipoppetje in een animatiefilm. De Duitse toeristen pikken met hun mierenetersnuiten de makrelen, de palingen, de bokkingen uit het vetvrije papier. Dan is daar ineens de kudde paarden. In een sierlijk slowmotion draven ze over het gazon in mijn richting. Voorop Zafiro, zijn glanzende lijf zwart en machtig. Ik deins niet terug, maar reik naar voren. Zijn gewelddadige kracht dampt en in het late zonlicht zie ik de zweetvlokken op zijn vacht. Hij verliest me geen seconde uit het oog. En opnieuw klinkt de schlager.

Du gehörst zu ihr, und ich bin allein'.
Nur in meinem Traum darf ich glücklich sein.
Glücklich sein mit dir,
Denn nur im Traum gehörst du mir.

Het ijzeren toegangshek geeft een langgerekte krijs als ik het openduw. Hoog rijzen de coniferen op langs het grindpad. Het geruis van een drukke verkeersweg dringt in vlagen door tot dit stille en verlaten oord. Het is een kleine begraafplaats, maar toch besef ik meteen dat het ondoenlijk is op eigen kracht het graf te vinden. Ik zal aan iemand informatie moeten vragen. Bij de ingang staat een wit gebouw met een spits torentje. Het ziet er gesloten uit. Ik besluit eerst een korte verkenningstocht te maken en dan aan te bellen. Er zijn meerdere bezoekers. Twee oudere vrouwen, de een met zuurstokrood geverfd haar, de ander met een slap paars plantje op haar schedel. Een droevig kijkend meisje met een hyperactieve jack russell, die opgewonden lijkt te raken van al die doden. Er zijn ook familiegraven. Het valt me op dat er veel bloemen zijn neergezet, voornamelijk rozen. Ik zie een grafsteen met alleen Chinese of Japanse tekens. Het beeldje van een kat. Over het middenpad komt een forse kerel met een kruiwagen aanlopen.

'Mag ik u wat vragen?'

'Ga je gang, dame.'

'Ik zoek een bepaald graf, maar weet niet waar ik het kan vinden.'

'Dat is geen probleem als je naam en het jaartal van de begrafenis hebt. Dan zoek ik het binnen voor je op.'

'Cool. De naam is Jaspers. Evert Jaspers. En hij is begraven in 1999.'

'Loop nog maar wat rond. Ik ga het opzoeken en weet je straks wel weer te vinden.'

Hij gaat het gebouw binnen en ik slenter langs de graven. Verderop staat de jack russell te kwispelstaarten bij een dennenboom. Na tien minuten komt de man het gebouw uit. Hij vertelt me dat ik het hoofdpad uit moet lopen en dan het laatste paadje naar rechts moet nemen. Dan is 't het tweede graf aan de linkerkant. Als ik die richting op loop, gaat mijn hart sneller kloppen. Ik moet diep ademhalen om mijn zenuwen in bedwang te houden. Ik sla het zijpad in en loop naar het graf. Het is een onopvallende, sobere grijze steen. Ogenblikkelijk dringt de eenvoudige, zakelijke tekst tot me door.

Er staat:

Evert Jaspers
2–2–1965 26–6–1999

En daaronder:

Galya Jaspers
28–4–1995 26–6–1999

Het wordt zwart voor mijn ogen.

In de verte klinkt het geschreeuw van kinderen. De wind is gaan liggen en tegelijk met een ongewone, ijle stilte dringt er een blauw licht het herenhuis binnen, het licht van een vergeten dodenrijk waarin de tijd opgehouden heeft te bestaan. Vederlicht worden de dingen. De Mad Hatter, die lijkt te dansen op de glazen plaat van het bijzettafeltje; Keanu Reeves, een zwarte engel die loskomt van de poster van *The Matrix*; de spiegel op de deur van mijn klerenkast die een dun vlies wordt voor een rimpelende wereld. En ook de grafsteen op begraafplaats Vredenhof komt in mijn herinnering naar boven als een weerspiegeling in het water van een vijver, waarboven coniferen stil en reusachtig uittorenen.

Galya.

Groot en vreeswekkend, licht vertekend door de glans van het beeldscherm, rijst ze voor me op en kijkt me aan met een verwijtende en haatdragende blik. Een gezicht als een draaikolk. Koelbloedig klik ik haar aan, een matheid versluiert haar trekken. Dan zoeken mijn vingers naar het overbekende commando en fluister ik het zacht voor me uit, alsof niet ik zelf maar haar stem opklinkt uit het haast onhoorbare zoemen van het apparaat: 'Delete.'

Het blauwe licht strijkt de laatste schaduwen weg.